Teoria da Biografia Sem Fim

Felipe Pena

Prefácio: Muniz Sodré

TEORIA DA BIOGRAFIA SEM FIM

MAUAD

MAUAD Editora Ltda.
Av. Treze de Maio, 13, Grupo 507 a 509 — Centro
CEP: 20031-007 — Rio de Janeiro — RJ
Tel.: (21) 2533.7422 — Fax: (21) 2220.4451
www.mauad.com.br

Projeto Gráfico:
Núcleo de Arte/Mauad Editora

Revisão:
Sandra Pássaro

CIP-BRASIL. CATALOGAÇÃO NA FONTE
SINDICATO NACIONAL DOS EDITORES DE LIVROS, RJ.

P454t

Pena, Felipe, 1971-
Teoria da biografia sem fim
/ Felipe Pena; prefácio Muniz Sodré. – Rio de Janeiro: Mauad, 2004.

Inclui bibliografia
ISBN 85-7478-132-0

1. Biografia – História e crítica. 2. Biografia como forma literária. I. Título.

04-1096 CDD – 809.93592
CDU – 82-94

Para meus filhos, quando os tiver.

Agradecimentos

· A Antonio e Josefa Areal, alquimistas profícuos, a quem devo tudo.

· A Antonio Pena e Carmem Piñero, pela moldura do espírito.

· A Natália Novak, pelo interior da moldura.

· A Viviane Pena, pelas tintas e pincéis.

· A Pina Coco, sentinela da tolerância, pela orientação no doutorado.

· A Muniz Sodré, referência e ícone, pelo incentivo.

· A Raquel Paiva, equilíbrio e força, pela indicação.

· A Carlos Heitor Cony, poeta e gênio, pela generosidade.

· A João Marcelo Assafim e Carlos Garcete, nossos *gauches* prediletos.

· A André Pacheco e Carlos Gamboa, pelas lições de história em Ouro Preto.

· A Sandokan Sterque e Ricardo Mares Guia, pelas estórias das lições no Rio.

· A Marcelo, Luciano, Magro e Método Pereira, uma família de guerreiros.

· A Montenegro, Renato, André Colpas, João Nobody, Márcio Bocão e Rodrigo Sapão, profundos pesquisadores da lavoura de limão.

· A Luiz Augusto, Glória, Adelino e Dulce, pelos corações e mentes.

· A Andréa, Eunice, Célia e Mariana, pela paciência.

· Aos coordenadores, professores e funcionários, por mais paciência ainda.

· Ao Colégio Marista São José, pela formação.

· Aos meus alunos, razão de tudo isso.

· À Estácio, pela confiança em um diretor de 28 anos de idade.

· À UFF, pela acolhida.

· À PUC, pelo ambiente.

"Tenho uma memória fantástica para esquecer."

Robert Louis Stevenson
(1850 – 1894)

SUMÁRIO

I
Prefácio

Por que biografar?

É que, em princípio, toda biografia se nos apresenta como um gesto poderoso de sedução da memória. Não é um gesto solitário e individual, como se poderia pensar, uma vez que esta palavra tende a sugerir de imediato os processos de introspecção e rememoração de fatos significativos do passado. Isto existe, claro, mas Maurice Halbwachs nos advertia sempre sobre a origem social da memória, argumentando que todas as lembranças, "mesmo aquelas dos pensamentos e dos sentimentos inexprimidos", estão em relação com todo um conjunto de noções que muitos além de nós possuem. Assim, toda e qualquer lembrança vincula-se "à vida material e moral das sociedades de que fazemos ou fizemos parte".

Ainda assim, é possível fazer-se uma distinção entre a lembrança orientada pelos conteúdos (recuperação e reconstrução de um fato significativo) e aquela orientada pela dinâmica grupal do lembrar. É uma distinção análoga à que faz Wittgenstein entre o pensado (*der Gedanke*) e o pensar (*das Denken*). No primeiro caso, memória-conteúdo, extremamente valorizada pela historiografia e pela museificação das culturas ocidentais, a tecnologia avançada e as provas de verdade são necessariamente convocadas.

No segundo caso — memória como dinâmica grupal de rememoração — emerge a dimensão da *exomemória* (memória externa), que engloba sujeitos e objetos, narrativas e práticas ritualísticas — agenciados por um pacto simbólico. Quando refletimos antropologicamente sobre a exomemória dos descendentes de africanos no Brasil (o saber ético e cosmológico das comunidades litúrgicas), por exemplo, logo nos damos conta de que se trata, na verdade, de um pensar externo atuante, voltado não para a reconstrução verdadeira (e metafísica) de um passado e sim para reanimar o consenso comunitário quanto a formas singulares de existência do grupo. Não acontece aí "História" no pleno sentido ocidental do termo — "combinação de um lugar social, de práticas científicas e de uma escrita", nos termos de Michel de Certeau — e sim o saber memorialístico da tradição, apoiado na existência de uma comunidade concreta.

Mas ao evocarmos jornalisticamente a vida de uma personalidade nacional, geralmente reinterpretamos individualmente aspectos de um passado, de modo historicamente seqüencial, em busca não de consenso, nem de identidade comunitária, mas de uma coerência satisfatória à lógica momentânea do mercado. Individual ou social, o trabalho da memória é, de todo modo, uma reconstrução do passado à luz da inteligência presente.

Não é uma tarefa tão fácil como pode parecer à primeira vista, quando se leva em conta a multiplicidade informatizada das fontes. De fato, estamos nos saturando cotidianamente de lembranças jornalísticas. Felipe Pena é taxativo: "Se, no passado, era preciso ler a biografia de uma estrela para conhecer passagens de sua intimidade que ela julgasse conveniente divulgar, hoje a biografia é escrita diariamente na mídia. O espaço dos heróis (mesmo os pré-fabricados) foi ocupado pelas celebridades. A superexposição substitui a virtude (arete) como valor supremo. As imagens são preconcebidas. As estórias já foram contadas. E a encenação continua até mesmo após a morte (Elvis ainda não morreu)."

Como então biografar o "midiagrafado"? No fundo, é esta a questão de *Teoria da biografia sem fim*. Preocupado com a construção do discurso do biógrafo na sociedade midiatizada, Felipe Pena critica anacronismos da narrativa jornalística, postula a "implementação de uma nova atitude em relação ao evento, que obrigue o jornalista a ler não a partir do evento, mas a partir dos pressupostos de sua formação", e termina sugerindo um formato original de biografia, a dos "fractais biográficos", em que se tornariam visíveis as identidades múltiplas de um personagem. Em vez do seqüencialismo historiográfico, guiado pela ficção da identidade única, uma construção textual que dependa dos deslocamentos do personagem pelo espaço social.

A "biografia sem fim" é precisamente a narrativa sem preocupação cronológica, interativa e dividida em "fractais" ou capítulos nominais. Sem começo, meio e fim, o leitor poderá começar o texto a partir de qualquer página e desfrutar, inclusive, de versões diferentes de um mesmo caso. No centro de tudo isto, claro, o computador, com suas virtualidades multilineares e interativas. A proposta de Felipe Pena neste livro é, para dizer o mínimo, tão sedutora quanto apelos de memória.

Muniz Sodré

Escritor, professor titular da UFRJ.

II
Introdução

"Uma parte de mim é só vertigem:
outra parte linguagem.
Traduzir uma parte
na outra parte
– que é uma questão de vida ou morte –
será arte?"

Ferreira Gullar (*Traduzir-se*)

O jornalista é um fingidor. Ele finge não sentir a dor de seu próprio fingimento. Diferente do poeta, ele acredita no compromisso com a realidade, embora estejam ao seu alcance os elementos para perceber que o máximo que pode oferecer é um efeito de real. Espremido pelos *deadlines* e pelos chefes de reportagem, talvez ele não tenha tempo para refletir sobre esses elementos. Ou talvez não tenha a formação adequada para entendê-los. Quem sabe não tenha interesse. Afinal, é muito mais fácil oferecer uma suposta realidade (estável, coerente e totalizadora) do que preocupar-se com a complexa rede de conexões e indeterminações que se manifestam nesse admirável mundo contemporâneo.

Eu sou jornalista. E esse foi um dos principais motivos para escrever estas linhas. Hibridismo e indeterminação sempre fizeram parte do campo semântico de minha auto-análise. Nas redações de jornais e televisões por onde passei, sempre ouvi de meus chefes que o lugar para a reflexão era a universidade. Aquele era o local da produção. Ali, eu deveria ser apenas um repórter, nunca um acadêmico com voz crítica e reflexiva. Mas essa suposta dicotomia jamais me convenceu, e a tal dor continuava. Influenciado pelas pesquisas no mestrado e no doutorado, não havia como não me preocupar com o tipo de reportagem que estava realizando. Não havia como não exercitar a crítica. Não havia como não refletir sobre os pressupostos que norteavam minha própria produção jornalística.

O tema escolhido para este trabalho está diretamente ligado a um filão editorial muito explorado pelos meus colegas jornalistas: as biografias. Cada vez mais, os profissionais da imprensa enveredam pelo jornalismo não cotidiano, buscando narrativas de fôlego em que reconstroem histórias e identidades. Mas, para isso, utilizam o mesmo referencial epistemológico de sua atividade diária nas redações. Daí a minha inquietação. Será possível construir histórias e identidades com coerência e estabilidade numa época em que a realidade se apresenta em formas múltiplas e desconexas, deixando clara a sua complexidade? Será possível escrever biografias como relatos diacrônicos de acontecimentos com significado e direção? Será possível ignorar que os atuais espaços de produção, circulação e recepção destes textos estão inseridos numa teia de conexões permeada por conceitos como indeterminação, caos, complementaridade e tolerância às ambigüidades?

Não, não é possível. A matriz deste trabalho está comprometida em responder negativamente a todas estas perguntas. Longe das análises dicotômicas e da ineficiência de explicações unilaterais e totalizadoras, o tapete da reflexão proposta nestas páginas é justamente a aguda consciência da complexidade. Em algumas passagens, o exercício da crítica se estenderá até os próprios autores que servem de referencial para a nossa análise. Não há, nesses casos, nenhuma messiânica pretensão em refutá-los, mas apenas a vontade de estabelecer um diálogo com obras de reconhecido valor. Esta reflexão tem como objetivo propor uma análise teórica sobre o discurso biográfico e também a possibilidade de aplicação dessa mesma teoria na própria produção de biografias por jornalistas, historiadores e outros biógrafos da atualidade.

O livro está dividido em cinco capítulos. No primeiro, analisamos a ilusão biográfica produzida pela pretensão de apreender a história de uma vida em um relato com começo, meio e fim, além de fazer uma reflexão sobre a experiência do tempo e da memória na atualidade. No segundo capítulo, estudamos as possibilidades de encenação da suposta realidade e a construção de heróis e celebridades no palco contemporâneo, sob a regência da espetacularização da mídia. No terceiro capítulo está a crítica aos referenciais epistemológicos do trabalho jornalístico e a busca de um diálogo com os textos da Nova história, mais precisamente da Escola dos Annales, na França, também refletindo sobre as estratégias de construção de uma suposta realidade. O quarto capítulo ocupa-se de explicitar os conceitos sobre identidade que fundamentam nossa abordagem, tomando emprestado conceitos das ciências naturais, como a teoria do caos e dos fractais, através de uma transferência metafórica de suas propostas para a nossa análise. Por último, incluímos no quinto capítulo um estudo sobre as possibilidades abertas pelas novas tecnologias da comunicação, sem, entretanto, deixar de criticar o utopismo com que os teóricos da cibercultura abordam o tema.

Na conclusão, o leitor encontrará uma proposta de construção do discurso biográfico alternativa ao modelo diacrônico que virou moda no mercado editorial. É a teoria da biografia sem fim, divida em fractais fora de ordem cronológica e estipulando a lacuna e a infinitude como seus referenciais teóricos. Em poucas linhas, a idéia básica seria organizar uma biografia em capítulos nominais (fractais) que refletissem as múltiplas identidades do personagem (o judeu, o gráfico, o pai, o patrão, etc.). No interior de cada capítulo, o biógrafo relacionaria pequenas estórias/fractais fora da ordem diacrônica. Sem começo, meio e fim, o leitor poderia começar o texto de qualquer página. Cada fractal traria nas notas de rodapé a referência de sua fonte, mas não haveria nenhum cruzamento de dados para uma suposta verificação de veracidade, pois isto inviabilizaria o próprio compromisso epistemológico. Quando a mesma estória fosse contada de maneira diferente por duas fontes, a opção seria registrar as duas versões, destacando a autoria de cada uma delas.

A obra seria lançada junto com um site em que qualquer leitor pudesse contar sua própria estória sobre o personagem para ser publicada na edição seguinte. Ou seja, o leitor seria co-autor e o biógrafo apenas um mediador, aquele responsável pela reconstrução das estórias dos outros. Enfim, uma função realmente coerente com o ofício.

E se é na relação com o ofício que está o problema, estas linhas talvez sejam uma catarse. Eu continuo jornalista. A reflexão acadêmica talvez amenize a dor descrita no começo desta introdução, mas o hibridismo do pesquisador permanece o mesmo. A experiência como professor de jornalismo também contribui para acentuar as inquietações. As questões formuladas pelos alunos sempre nos levam a rever conceitos e estar em constante processo de auto-reconstrução.

Este trabalho funciona como uma aspirina. O alívio é imediato, mas o prazo de validade é efêmero.

A cabeça espera pela dor.

III
Memórias e tempos

> "*Deixa-me morder longamente tuas tranças espessas e negras. Quando mordisco teus cabelos elásticos e rebeldes, parece-me que devoro* ***lembranças***"
>
> Charles Baudelaire (Spleen de Paris XVII)

Lembro, logo existo. No ritmo alucinante da contemporaneidade, com mudanças aceleradas e dissolução de certezas e referenciais, recorrer à memória é mais do que uma compensação. É uma tentativa desesperada de encontrar alguma estabilidade diante da reordenação espacial e temporal do mundo. Lembrar é trazer de volta antigos modos de vida e experiências sociais. É tentar reviver momentos de coerência e estabilidade. Um conceito de memória com princípios epistemológicos anacrônicos, que merece ser criticado.

Para Jesus Martín-Barbero, vivemos um "*boom* de memória", causado pela crise na moderna experiência do tempo.[1] Citando Andréas Huyssen, Barbero identifica várias manifestações desse *boom*: crescimento e expansão dos museus, restauração dos velhos centros urbanos, auge do romance histórico, moda retrô na arquitetura e no vestuário, entusiasmo por comemorações, multiplicação de antiquários e um grande interesse pelas biografias e autobiografias.

O relato biográfico, na maioria das vezes, tenta ordenar os acontecimentos de uma vida de forma diacrônica, na ilusão de que eles formem uma narrativa autônoma e estável, ou seja, uma estória com princípio, meio e fim, formando um conjunto coerente. É o que Pierre Bourdieu chama de ilusão biográfica, aquela que trata a história de

[1] Barbero, p.1.

uma vida como "o relato coerente de uma seqüência de acontecimentos com significado e direção".[2]

Para Bourdieu, o biógrafo é cúmplice desta ilusão. Ele tenta satisfazer o leitor tradicional, que espera dele uma suposta verdade, uma suposta realidade. Mas o máximo que a biografia pode oferecer é uma reconstrução, um efeito de real. O biógrafo é o responsável pela criação artificial de sentido, já que tem interesse em aceitar a coerência da existência narrada, pois seu discurso baseia-se na preocupação de "tornar razoável, de extrair uma lógica ao mesmo tempo retrospectiva e prospectiva, uma consistência e uma constância, estabelecendo relações inteligíveis, como a do efeito à causa eficiente ou final".[3] Ao organizar a vida como uma estória linear, o biógrafo fornece uma razão de ser ao seu objeto e tranqüiliza o seu leitor, que se identifica no passeio pela "estrada percorrida".

Associar a vida a um caminho ou estrada facilita a compreensão, facilita a narração, facilita a venda. O sucesso das biografias no mercado editorial está certamente relacionado à opção da maioria dos autores em reconstruir o passado atribuindo significado aos fatos dispersos de uma vida, alocando-os em ordem cronológica. Estamos sendo seduzidos pela memória, diria Andréas Huyssen.[4] Mas a sedução vive de um modelo epistemológico anacrônico e não contempla as transformações na experiência espacial e temporal.

Para começar, não há como pensar a memória sem pensar o esquecimento. Os termos não são antagônicos e não podem ser pensados em um defasado modelo dicotômico. Eles convivem e se relacionam em complexas teias de conexão e interfaces. No mundo dos megabytes, nunca foi tão fácil armazenar memória, entretanto, a amnésia nunca esteve tão presente. O excesso de informação convive com o esquecimento imediato. A cultura midiatizada produz objetos descartáveis que alimentam a própria amnésia: "A velocidade sempre crescente das inovações técnicas científicas e culturais gera quantidades cada vez maiores de produtos que já nascem obsoletos."[5] Mas, como alerta Huyssen, este não é um movimento unilate-

[2] Bourdieu, p. 185.

[3] Idem.

[4] Huyssen (2000), p. 14.

[5] Huyssen (2000), p. 27.

ral, ou seja, não se pode argumentar que a "comercialização de memórias gere apenas esquecimento"[6], como sugere a interpretação apocalíptica de Adorno. É preciso refletir sobre a amnésia pela a ótica da lembrança. E vice-versa.

No interior desse movimento duplo e paradoxal, manifesta-se o próprio medo da perda da memória, outra razão para a sua supervalorização na atualidade, embora não se possa dizer que este é um medo novo. A cada nova técnica de armazenamento descoberta há resistências. Foi assim com o alfabeto grego, com a imprensa de Gutemberg, o satélite e o computador, etc. Para Lúcia Santaella, o aparecimento de cada novo meio de produção e contenção de linguagem e de memória representa o deslocamento de alguma habilidade humana do nível individual para o coletivo e "nesse deslocamento, o homem transitoriamente perde uma parte de si, a imagem que tem de si e do mundo. Nessa imagem estão consubstanciados os valores humanos, que são tão relativos quanto a própria imagem. Se a imagem se fragmenta, os valores escorregam entre as fendas".[7]

O "consumidor" da memória quer fechar essas fendas, quer comprar a estabilidade: "As narrativas biográficas e autobiográficas oferecem um enquadramento retrospectivo e prospectivo ao ordenarem a vida articulando memória e aspirações dos indivíduos, suas motivações e o significado de suas ações numa conjuntura própria de vida", concluem Herschmann e Rondelli.[8] Além disso, a memória na mídia é espetacularizada, carregada de imagens preconcebidas, facilitando ainda mais a sedução.

Em minha dissertação de mestrado[9], relato esse tipo de sedução. Ao analisar a possibilidade de uma utopia contemporânea, diferenciando-a das utopias socialistas da década de 1960, identifico minhas próprias construções midiatizadas produzidas a partir da leitura de biografias.

> "Como todo adolescente, sempre estive ao lado dos oprimidos. Era ávido consumidor de livros marxistas. Li Engels, Lênin, Kautsky, Plekhânov e Florestan Fernandes antes de completar 14

---

6 Huyssen (2000), p. 25.

7 Santaella, p. 87.

8 Herschmann e Rondelli, p. 203.

9 Pena (1998).

> anos. Não que eu entendesse as explanações teóricas, mas era levado a elas por outras leituras, e estas sim me emocionavam. Os livros do Gabeira, do Sirkis, do Marcelo Rubens Paiva, entre outros, falavam de dramas pessoais em meio ao drama maior da luta contra a repressão".[10]

As leituras dessas estórias me faziam ter saudade de um tempo que eu não vivi. Elas me faziam querer participar da Passeata dos Cem Mil, freqüentar o Opinião, acompanhar Lamarca pelo sertão da Bahia e lutar com Marighela. Elas me faziam querer voltar para onde eu nunca tinha ido, daí o título "A volta dos que não foram". Mas o que eu pude perceber é que tinha uma imagem midiatizada do passado, produzida pela espetacularização da narrativa que consumi, já que, como diria Jameson, eu buscava a história através de "*minhas* próprias imagens pop e dos simulacros daquela história."[11] Só que ela continuaria, para sempre, fora do meu alcance. Entretanto, não há como negar que a consciência de meus estereótipos não significa livrar-me deles, apenas me permite uma atitude crítica sobre meu próprio trabalho e o respeito à diversidade e à complexidade, que são o tapete de minhas reflexões.

A atitude reflexiva sobre seus próprios estereótipos, simulacros e imagens pop é, então, uma necessidade para o biógrafo. Um trabalho que deve anteceder qualquer tentativa de construção de uma biografia. Como alerta Diana Damasceno, "escrever biografias em nossos dias requer consciência aguda do processo de reinterpretar o passado como forma particular de construção, sujeita a variados desdobramentos, levando em conta que vidas podem ser entendidas como sistemas complexos".[12] Entretanto, quem acaba se ocupando das reflexões são os teóricos, não os biógrafos. Estes têm a atitude profissional do abridor de latas, que penetra nos arquivos e busca as salsichas da realidade. Quando, repito, o máximo que eles podem oferecer é um efeito de real.

A reinterpretação do passado, sugerida por Damasceno, passa impreterivelmente pela rediscussão dos conceitos de tempo e memória. Para Derrida[13], essa reconceitualização significa abdicar da noção de linearidade temporal e substituí-la por simultaneidade. No

[10] *Ibidem*, p. 20.

[11] Jameson (1996), p. 52.

[12] Damasceno, p. 97.

[13] Derrida (1988), p. 72.

momento em que lembramos de algo, o que era passado torna-se narrativa e articula-se no presente, sendo portanto simultâneo a este presente. E o que seria futuro é apenas uma especulação, podendo ser articulado apenas no discurso, o que também o tornará presente.

Nesse sentido, a memória só é memória no esquecimento ou no segredo, pois quando acionada também torna-se discurso. Pelo mesmo raciocínio, a memória não substitui o passado, apenas mostra que ele falta.[14] Mas o biógrafo (ou o historiador) tradicional acha que vai preencher as lacunas. Ledo engano. A estória de qualquer coisa é apenas o que podemos saber sobre esta coisa, jamais a totalidade. A lacuna é onipresente. O passado não está pronto. Ele ainda está por fazer e articula-se no presente, ou melhor, na presença, onde elaboramos a memória e a transformamos em discurso. Mais uma vez trabalhando no paradoxo, Derrida articula o conceito de presença com o de ausência, valorizando a escrita, que, quando legível e iterável, produzirá uma marca para ser repetida em qualquer contexto, sobrevivendo ao sujeito e não precisando mais de sua presença. A escrita funda outra presença e garante a repetição. Na interpretação de Adriana Amaral, a ausência em Derrida deixa de ser ausência justamente se pensada como a fundação de um outro tipo de presença:

> "Essa capacidade de atravessar contextos da escritura é que a faz presença feita de ausência, onde a ausência na verdade se funde na presença em um presente que se faz a cada novo instante, a cada novo contexto. (...) A marca (da escrita) garantirá a repetição em qualquer contexto, visto que nenhum contexto se fecha mais sobre si mesmo e tampouco possui um centro absoluto. Ora, esse atravessar de contextos é próprio da escrita se comparada com a fala que deixa inclusive de ser uma oposição quando se pensa que ela também é feita de referência e não da coisa em si."[15]

Para Derrida, então, há duas memórias: a interior, relativa ao ser, e a totalizadora, relativa à escritura. "A diferença é que a memória do ser se extingue e é absorvida por outras memórias. (...) O ser se apaga e a escrita se inscreve."[16] Entretanto, o modelo de Derrida também pode ser criticado por essa dicotomia. A escritura não é totalizadora. Muito menos a narrativa. Pode-se argumentar que a forma privilegiada pelos his-

[14] *Ibidem*, p. 70.

[15] Amaral, p. 34.

[16] *Ibidem*, p. 37.

toriadores é a narrativa, mas ela não é a única. É possível um experimento historiográfico que não se encaixe no modelo narrativo. Um experimento que lide com pequenas ficções e pequenas generalizações, juntando *scripts*, articulando fragmentos e colocando pequenos quadros lado a lado. Um experimento como o que faz Hans Gumbrecht, por exemplo, no livro *Em 1926, vivendo no limite do tempo.*[17]

Partindo da ausência para fundar outra presença, a escrita leva o significado sempre para a posteridade. Nesse sentido, rompe com a idéia de linearidade temporal, já que o instante original das formulações jamais seria atingido, pois ele não estaria no passado, mas na sua reinterpretação no presente. Prevalece a idéia de simultaneidade. Prevalece a presentificação do tempo.

O movimento é reciclável. O ser se apaga, mas, em seguida, inscreve-se de novo. A origem é sempre reinaugurada, até porque cada momento é único e não pode ser resgatado em seu exato teor. E se a memória não resgata a exatidão, o momento já será outro no instante do resgate, que passa a ser a parte mais importante desse processo. Nenhum sentido pode ser considerado como previamente constituído. Nada está pronto, tudo está sendo feito. O que nos interessa é o percurso, não a origem ou a meta.

Entretanto, estar preso ao presente reforça o medo e a angústia. "O futuro é improvável demais e o presente complexo demais para nos darem acolhida. Exilado de si mesmo, o homem busca asilo no passado."[18] Um asilo nos *revivals*, nas retrospectivas, na nostalgia. Para Jean Baudrillard, uma obsessão em reviver, uma verdadeira neurose: "É a memorização fanática, uma fascinação pelas comemorações, a listagem de lugares da memória, a exaltação da herança."[19]

A neurose obsessiva pelo passado, segundo Baudrillard, leva ao desaparecimento da própria memória, que, por sua vez, leva ao desaparecimento do real, reduzindo-o a um simulacro: "Isso resulta em transformar o próprio passado num clone, e congelá-lo numa imitação falsa que jamais lhe fará justiça."[20] Mais uma vez, cabe uma crítica ao modelo dicotômico, também usado por Baudrillard.

[17] São Paulo, Ed. Record, 1999. O livro é abordado no final deste capítulo.

[18] Santaella, p. 92.

[19] Baudrillard, p. 46.

[20] *Idem.*

Ao falar em uma imitação falsa, ele pressupõe que exista um original. Mas será possível, diante das múltiplas e complexas teias de significação da atualidade, fazer essa oposição dicotômica entre o real e o simulacro? Acredito que não. Mas, para Baudrillard, a impossibilidade de ver além do presente nos condena a viver uma realidade virtual. Sua crítica abrange o que ele chama de "musealização" da memória que, longe de preservar o passado, apenas o esteriliza e congela: "Em vez de primeiro existirem, as obras de arte hoje vão diretamente para o museu. Em vez de nascerem e morrerem, os seres já nascem como fósseis virtuais."[21] Ou seja, nascem no presente para serem alocadas em um passado presentificado, simultâneo.

A idéia de simultaneidade temporal também encontra eco em Norbert Elias:

> "Em sua qualidade de simbolizações de períodos vividos, essas três expressões (passado, presente e futuro) representam não apenas uma sucessão, como 'ano' ou o par 'causa-efeito', mas também a presença simultânea dessas três dimensões do tempo na experiência humana."[22]

Para Elias, vivemos a ilusão do tempo como objeto mensurável. Uma hora ou um ano não têm o mesmo sentido – como já ensinara Einstein – para indivíduos diferentes, e devem ser avaliados relativamente. Para um presidiário que espera, no corredor da morte, o momento de ser executado, a hora não passará na mesma velocidade que para um homem que espera a noiva no aeroporto. Tentamos medir o que não pode ser percebido pelos sentidos. E fazemos isso usando locuções que sugerem que o tempo é um objeto físico: "O vocabulário de que dispomos oferece ao sujeito expressões como determinar ou medir o tempo. Esses hábitos lingüísticos contribuem para distorcer a reflexão."[23] A língua, socialmente padronizada, recorre ao que ele chama de "substantivos retificadores", acompanhados de verbos que, metaforicamente, reforçam a idéia do tempo apenas como dimensão física. "Pensemos em frases como 'o vento sopra' ou 'o rio corre': afinal, seria o vento outra coisa senão a própria ação de soprar, ou rio outra coisa senão a água correndo?"[24]

---

[21] *Idem.*

[22] Elias, p. 63.

[23] *Ibidem*, p. 37.

[24] *Idem.*

O tempo é regulado socialmente. Não comemos quando sentimos fome, mas na hora do almoço ou do jantar. Também não vamos dormir quando estamos cansados, mas no final da noite. Nossos ritmos biológicos são ordenados em função da organização social, que obriga os homens a se disciplinarem. E, em longo prazo, o calendário regula nossas relações sociais, padronizadas em efemérides e datas comemorativas. Como o tempo não é visível, tangível ou mensurável, Elias sugere que a regulação social privilegia a sincronia e não a diacronia, encurralando o indivíduo na infinita repetição do presente.

Assim, encurralado em um presente de larga complexidade, o indivíduo atomiza-se diante da dificuldade de conceber uma experiência temporal coerente. Para Jameson, o resultado é uma fragmentação de suas referências, dominadas pela (i)lógica espacial:

> "Se, de fato, o sujeito perdeu sua capacidade de entender de forma ativa suas pretensões e retenções em um complexo temporal e organizar seu passado e seu futuro como uma experiência coerente, fica difícil perceber como a produção cultural de tal sujeito poderia resultar em outra coisa que não um amontoado de fragmentos e uma prática da heterogeneidade a esmo do fragmentário, do aleatório."[25]

Jameson também trabalha na dicotomia, um modelo que não é a nossa matriz. Diferente do que estamos propondo, ele usa o termo "**aleatório**" de forma negativa, pois está preso a seu próprio dogmatismo. Sua tendência é procurar uma nova totalidade, propondo um mapeamento cognitivo em que o intelectual teria como missão situar o indivíduo no mundo através do fornecimento de um mapa crítico.

Preso no agora, este indivíduo vive uma situação de inércia, exilado na transitoriedade que não leva a lugar algum. Ele sobe e desce as escadas de edifícios memorialísticos, cujos degraus mudam a cada passada. Dirige um táxi de lembranças e as compartilha com os diferentes passageiros que recolhe em cada esquina. Mas continua só. Pisa na embreagem, passa a quinta marcha e acelera pelos círculos da metrópole. Vaga pelas ruas, mas não chega a lugar algum, porque nunca partiu.

A pior solidão é a solidão na multidão, característica do espaço urbano. O sujeito está exilado na própria (a)temporalidade, estático diante de um universo desenraizado, sem referências. Mesmo assim,

[25] Jameson, p. 52.

a paralisia lhe parece normal, não causa surpresa. É a inércia diante da inércia. Os espaços são transitórios. Seu lar é um hotel. A superficialidade é seu enredo.

Mas ele continua a viagem. Apesar de o espaço ser móvel, ele não se livra de estar encurralado. Preso na falta de objetivos e referenciais, segue em seu exílio. Diante da incapacidade de organizar diacronicamente o passado, ele se exaure na contemplação vazia, embora hipnótica, do presente. A falta desta articulação entre passado e presente (sem projeto de futuro) e a visão do tempo como momentos isolados desencadeiam a esquizofrenia como descrita por Frederic Jameson, retomando a noção de Lacan sobre a quebra na cadeia de significantes. Se não é possível organizar a sentença, também não será possível a experiência biográfica, perdida na superficialidade momentânea. E a desconstrução da oposição semiótica entre significante e significado será apenas um dos quatro modelos fundamentais de profundidade que, segundo Jameson, têm sido repudiados pela teoria contemporânea. Os outros três são:

> "1) o dialético, da essência e da aparência, bem como toda a gama de conceitos correlatos de ideologia ou de falsa consciência; 2) o modelo freudiano do latente e do manifesto, ou da repressão; 3) o modelo existencialista da autenticidade e da inautenticidade, cuja temática heróica está ligada àquela outra grande oposição entre alienação e desalienação."[26]

Mais uma vez, vale a pena dizer que esse modelo não é a nossa matriz. Na verdade, a ausência de todos os modelos descritos acima interage na maneira esquizofrênica de perceber o mundo. A identidade está irreversivelmente comprometida na medida em que o sujeito é incapaz de estabelecer ligações entre os diversos momentos de sua história e também de estabelecer modelos de reconhecimento. A personalidade é dividida mediante o processo de fragmentação, com o conseqüente esmaecimento do afeto. Os sentimentos se diluem na quebra da cadeia de significantes e estão presos a uma superficialidade em que o referente histórico é inacessível. O que seria a realidade histórica se apresenta apenas como imagens nebulosas que não se referem a um passado, mas às nossas idéias e imagens espetacularizadas deste passado, novamente na interpretação de Jameson:

---

[26] Jameson (1996), p. 40.

> "Se sobrou algum tipo de realismo aqui, é o 'realismo' derivado do choque da percepção desse confinamento e da consciência gradual de que estamos condenados a buscar a história através de nossas próprias imagens *pop* e dos simulacros daquela história que continua para sempre fora do nosso alcance."[27]

Mas, se o passado está fora de alcance, não pode ser totalizado, o que ficou foi a imagem, a distância, a névoa. E a reação perante esta ausência também é de inércia. A banalidade é patente. Até que, em certo instante da narrativa de suas lembranças, já presentificadas pela articulação do discurso, o indivíduo pisa no terreno escorregadio da nostalgia. Quer musealizar a memória e erguer estátuas e monumentos que possam pavimentar a estrada para um retorno. Só que o caminho de volta está fechado para sempre. Um sentimento de perda (que não sobrevive neste trabalho, já que ressaltamos a riqueza dos fractais), registrado pela percepção da grande transformação que é a espacialização do temporal, "nos leva à nostalgia da nostalgia, das grandes questões do *télos* e da origem, do tempo profundo e do inconsciente freudiano e também da dialética (...), formas cujos absolutos não podemos mais ouvir, hieróglifos ilegíveis do demiúrgico no interior de um mundo tecnocrático".[28]

As novas percepções de nossas zonas temporais e espaciais são experimentadas em movimento. No ensaio *1001 estórias de literatura,*[29] Heidrun Kieger Olinto cita as experiências de Hans Gumbrecht nos saguões dos aeroportos, que são espaços de complexas temporalidades.

> "Suponhamos que o nosso passageiro, chegando da Europa, tenha tomado o segundo café da manhã no avião e sente então vontade de almoçar. Esse seu apetite corresponderia a um tempo social que o seu corpo trouxe da Europa. No caso, ele estaria, por assim dizer, espacialmente presente no corpo do passageiro, mas em conflito com o tempo local dos empregados do restaurante do saguão que – tão cedo em sua manhã – só oferecem café e sanduíche de queijo."[30]

Assim como na análise de Derrida, Heidrun Krieger Olinto também aborda a temporalidade em esboços conceituais relacionados à

[27] *Ibidem*, p. 52.

[28] *Ibidem*, p.173.

[29] Olinto (2000).

[30] *Ibidem*, p. 14, citando Gumbrecht, 1991, p. 58.

simultaneidade: "Ele (o tempo) parece estar atravessado por movimentos cada vez mais velozes, numa pluralidade de tempos de presença simultânea."[31] No diálogo com Gumbrecht, a pá de cal na síntese e coerência da história linear e totalizante. É a estrutura sincrônica que prevalece, ligada a um modelo de redes que moldam condutas e interações, como no livro *1926, vivendo no limite do tempo,*[32] onde o leitor escolhe por onde começar, já que a narrativa não tem começo: o livro é dividido em 51 verbetes, distribuídos em três seções intituladas dispositivos, códigos e códigos em colapso.

Mas quem pode entrar em colapso é o leitor desavisado, acostumado à estrutura seqüencial de acontecimentos em ordem cronológica. Principalmente se essa estrutura confortável não estiver presente em uma das formas de resgate da memória mais utilizadas na atualidade: a biografia. Entretanto, assim como Gumbrecht utiliza-se da estrutura sincrônica para descrever um ano, a mesma estratégia pode ser utilizada para a construção de um discurso biográfico, compreendido como "processo de atribuição de sentido flexível, na medida em que a memória interpreta, explica e constrói os fatos".[33] Essa nos parece ser uma alternativa para contar as estórias possíveis de uma vida que certamente estará inscrita em sistemas complexos formados a partir de fragmentos discrepantes e reinterpretações de tempos e memórias.

[31] *Ibidem*, p. 15.

[32] Gumbrecht (1999).

[33] Damasceno, p. 97.

IV
Celebridades e heróis

"Vi o dia da volta dos heróis. (conquanto os heróis nunca ultrapassados não voltam nunca, eu nesse dia não os vi.)"

Walt Whitman (*A volta dos heróis*)

No palco contemporâneo, o espetáculo em cartaz é a vida. Os ingressos na bilheteria dão direito a entrar na intimidade dos atores, formar alteridades e idealizar heróis, mas a platéia não está satisfeita e quer ela mesma encenar o espetáculo. E na esquizofrenia de ser ao mesmo tempo personagem e espectadora, ela tenta ler o letreiro em néon que anuncia o título da obra: realidade. Mas este título é apenas um pequeno elemento da realidade construída por essa mesma platéia. Não é mais nem menos autêntico. É apenas um espaço de participação.

Para Neal Gabler, a tendência de converter a realidade em encenação é justificável, já que "a cultura produz quase todos os dias dados de fazer inveja a qualquer romancista".[34] Mas, atualmente, não se trata apenas de questionar se a ficção pode continuar competindo com a dramaticidade da vida real, nem de acreditar tanto na ilusão a ponto de tentar viver nela. Não se trata apenas de olhar pelo buraco da fechadura, mas de estar do outro lado da porta. Não se trata apenas de ver o filme, mas de ser o próprio filme. A vida é o veículo.

No ponto em que chegamos, a platéia quer ver o espelho. Na novela da vida real, os personagens somos nós, como conclui Ivana Bentes, ao analisar os *reality shows* "*Big Brother*" e "Casa dos Artistas": "Lá estão a empresária paulista, o artista plástico, a *designer*, o

[34] Gabler, p. 12.

cabeleireiro, o dançarino de axé, a modelo, a *socialite*, o *rapper* irado, os marombeiros com visual estilizado de menino de rua, cara de mau e gorro enterrado na cabeça."[35]

Mas o espelho carrega o melodrama. Apesar da aura de realidade, os personagens dos *reality shows* têm que interpretar papéis predefinidos pela produção. Ou seja, eles não são eles próprios, apenas interpretam a si mesmos, o que é bem diferente. O mocinho, a carente, o malvado, o ignorante, a sensual, o arrogante, a mal-educada, o inteligente, a doente e outras tantas caracterizações carregam o enredo da trama, sustentando conflitos e gerando identificações por parte do público. Identificações essas que podem seguir roteiros mimetizados da ficção: a vida imitando a arte. Vamos ver dois exemplos.

No filme "O náufrago", o principal problema do personagem interpretado por Tom Hanks não era fome ou o frio, mas a solidão. Para enfrentá-la, ele desenha dois olhos, um nariz e uma boca em uma bola de vôlei e a batiza com o nome de Sr. Wilson. Humanizada, a bola passa a ser a única companhia do personagem, mas ele a perde e entra em desespero. Alguma semelhança com uma "estória da vida real"?

A casa do Big Brother Brasil I sempre foi um oceano para Kleber, o grande vencedor do programa. Mesmo acompanhado, ele estava só, isolado na própria incapacidade de se comunicar. Foi considerado burro pelos outros condôminos, que não conseguiram diferenciar burrice de ignorância. Sofreu com a rejeição. Vagou pela casa. Foi quatro vezes para o paredão. Sentiu que a pior solidão é a solidão da companhia. A não ser, é claro, por Maria Eugênia, uma boneca que construiu com pedaços de sucata e um cabideiro.

Quando a produção do programa retirou a boneca da casa, Kleber chorou copiosamente e pediu aos produtores para devolverem a única "amiga" que fez em seu naufrágio pela comunicação. Quarenta milhões de brasileiros assistiram à cena. Sessenta e oito por cento dos votantes deram a vitória a Bambam, identificados não com a ignorância do rapaz, mas com a humilhação que ele sofreu ao longo de dois meses. Quantos desses votantes não sofreram humilhações análogas? O conhecimento ou a cultura, assim como o dinheiro, podem ser usados para subjugar o próximo. E não há dúvidas de que, no espetáculo vida, a maioria dos atores está no papel de subjugado.

[35] *Folha de S. Paulo*, caderno mais: 3/4/2002.

Mas para aqueles que defendem a idéia de que Kleber é um retrato do Brasil, há o segundo exemplo, também inspirado em uma comparação com um filme protagonizado por Tom Hanks: *Forrest Gump*. Sé é verdade que há identificação com a ignorância caipira, a prosódia interiorana e o bizarro estereotipado, então este não é um fenômeno brasileiro. Sua disseminação já ultrapassou fronteiras e conquistou até os membros da academia de Hollywood, justamente a maior fábrica de ilusões do mundo. Ou será de realidades?

A resposta está em Gabler: "Vivemos no mundo da pós-realidade."[36] Na encenação do real, o veículo vida gera novos episódios diariamente, fazendo com que as aplicações que a mídia descobre para esses episódios ultrapassem a própria realidade. Revistas de fofocas, periódicos sobre famosos e programas de TV como "Vídeo Show" e "TV Fama" vivem da encenação e a repercutem infinitamente em novas encenações. A mídia produz celebridades para poder realimentar-se delas a cada instante em um movimento cíclico e ininterrupto. Até os telejornais são pautados pelo biográfico e acabam competindo com os filmes, novelas e outras formas de entretenimento. São notícias do parque encantado, como se os redatores-chefes fossem Lewis Carroll ou Monteiro Lobato. E mesmo quando há assassinatos ou graves acidentes, o assunto principal é sempre a celebridade ou o candidato ao estrelato, que, inclusive, pode ser o próprio assassino ou um outro delinqüente qualquer.

> "O julgamento do ex-astro do futebol americano O. J. Simpson, a vida e a morte da princesa Diana, a interminável novela fornecida pelas peripécias de Elizabeth Taylor ou pela apresentadora de televisão Oprah Winfrey, o assassinato da dona-de-casa de Long Island Mary Jo Buttafuoco pela jovem amante do marido, a bomba colocada pelo dissidente de direita numa repartição federal em Oklahoma City, as constantes alegações de aventuras extraconjugais do presidente Bill Clinton, para lembrar apenas um punhado, entre literalmente milhares de outros episódios gerados pela vida, são esses os novos sucessos de bilheteria que ocupam as mídias tradicionais e dominam as conversas nacionais por semanas, às vezes meses ou até anos a fio, ao passo que o entretenimento comum desaparece rapidamente de cena."[37]

[36] Gabler, p. 17.

[37] *Ibidem*, p. 13.

A espetacularização da vida toma o lugar das tradicionais formas de entretenimento. Cada momento da biografia de um indivíduo é superdimensionado, transformado em capítulo e consumido como um filme. Mas a valorização do biográfico é diretamente proporcional à capacidade desse indivíduo em roubar a cena, ou seja, em tornar-se uma celebridade. Aliás, as celebridades tornaram-se o pólo de identificação do consumidor-ator-espectador do espetáculo contemporâneo. São elas que catalizam a atenção e preenchem o imaginário coletivo. O que é muito diferente da identificação com os heróis, uma tradição da cultura ocidental, como alerta Ronaldo Helal, recorrendo às interpretações de Joseph Campell e Edgar Morin

O herói acredita que tem uma missão a cumprir. Ele deve domar o cotidiano e viver na esfera do extraordinário. Deve entregar-se ao seu propósito maior e ao seu destino glorificado, que será construído única e exclusivamente por ele mesmo, já que ele é senhor de seus atos, pois tem "um senso interior de certeza para diferenciar herói de celebridade: "O primeiro vive para 'redimir a sociedade de seus pecados', vive para os outros, enquanto o segundo vive somente para si."[38] De que com circunspecção, habilidade e compulsão é possível superar os maiores perigos e infortúnios, e de que é capaz de fazer seu próprio destino."[39]

Na Grécia, por exemplo, a idéia de herói estava ligada aos conceitos de *areté* e *timé*. O termo *areté* tem relação etimológica com o grego *aristeúen*, que significa ser o mais notável. Sua utilização mais freqüente está ligada à essência do herói, ou seja, às habilidades e atitudes que o diferenciam dos outros mortais. Assim, ter *areté* proverá o herói da destreza e do vigor que o permitam ser um grande guerreiro, não só para defender seu povo, como para representá-lo. Sendo, portanto, uma força, uma capacidade, um *mana*, a *areté* é definida por M.Hoffman, citado por Jaeger: "*El vigor y la salud son areté del cuerpo. Sagacidad y penetración areté del espíritu.*"[40] O herói, entretanto, não está em estado de areté o tempo todo. Na *Ilíada*, por exemplo, Aquiles maneja bravamente sua lança, mas tem o calcanhar fraco, enquanto Heitor luta bravamente durante dezoito cantos do poema, para fugir covardemente perante a investida do melhor dos aqueus.

[38] Helal, p. 18.

[39] Featherstone, p.87.

[40] Jaeger, pp. 21 e 22.

O pelida, colérico, arrasta o cadáver de seu adversário ao redor das muralhas de Tróia, mas se rende aos apelos de Príamo para dar sepultura ao filho, chorando ao lado do inimigo. É o momento em que completa a moldura de sua *timé,* cujo significado mais explícito é traduzido por honra. Alguns autores nem consideram o termo *timé*, inserindo-o no conceito de *timé*. Como Kitto, para quem "num contexto geral, a um homem, implicará excelência, na medida em que ele tem possibilidade de ser excelente moral, intelectual, física e praticamente".[41]

A *timé* está ligada à honra e à moral. Quando Agamêmnon toma Briseida de Aquiles, este se retira da Guerra de Tróia, pois foi ferido em sua *timé.* "(...) Agamêmnon o despojou do público reconhecimento de sua superioridade, tomando-lhe Briseida. Tétis implora a Zeus que a *timé* de Aquiles lhe seja restituída."[42] Da mesma forma pensa Kitto, apenas mudando o termo: "E Agamêmnon e Aquiles não se travam de razões apenas por causa de uma rapariga; é a recompensa, que representa o reconhecimento público de sua *areté*."[43] Assim, nas palavras de Paul Mazon, na *Introdución a l'Iliade*, "a Ilíada é o primeiro ensaio de uma moral de honra".

A *areté* coberta de *timé* faz de Aquiles a figura proeminente entre os aqueus. Ele é o melhor entre seus pares, aquele que os representa. Quando volta ao campo de batalha, não está sozinho, mas escudado por toda a cultura aquéia, cuidadosamente representada pelos símbolos cinzelados por Hefestos na famosa armadura. Aquiles carrega, entre as cenas da vida aquéia, os arquétipos que constituem o inconsciente coletivo de seu povo. Este reconhece o herói, enaltece-o e leva-o à *kléos*, ou seja, à glória.

O reconhecimento do povo, que leva o herói à glória, também fixa sua imagem mitificadora, diferenciando-o dos meros mortais. Talvez por isso, tantos políticos, artistas e outros habitantes (ou não) do espaço público contemporâneo tentem construir imagens de heróis em torno de suas vidas. Mas se não é possível estar em um enredo de Homero, talvez seja mais simples escrever a própria estória, produzindo uma autobiografia. E é claro que os conceitos relacionados ao herói estarão presentes no discurso, afinal se o indivíduo se

---

[41] Kitto, p. 285.

[42] Brandão, p. 143.

[43] Kitto, p. 96.

dispôs a escrever a própria estória, sua existência só pode ter sido excepcional. Lá estarão a *areté*, a *timé*, a missão a cumprir, o controle do destino, o gesto do conquistador e todas as outras características extraordinárias de sua personalidade. Em sua autobiografia,[44] por exemplo, Carlos Lacerda quer mostrar sua vida heróica, ilustrada pela luta corajosa e pelo senso interior de que tem a missão de reconstruir o Brasil. Ele tenta fazer isso intercalando a narrativa com fatos da vida cotidiana, mas não consegue disfarçar seus claros propósitos. Para Lacerda, seu destino é óbvio: ser presidente da República. E não poderia ser menos, já que carrega a honra e a excelência dos heróis. Se Aquiles é o melhor dos aqueus, ele é o melhor dos brasileiros:

> "O sentido de que se tem uma missão a cumprir, seja de criar os filhos ou de reformar uma nação, de fazer o que se sabe e o que se pode – não importa o vulto da tarefa e sim sua significação –, a idéia de que se deve procurar fazer bem feito tudo o que se tem a fazer, por mais simples ou arriscado que seja, faz parte desse sentido de missão. Também dele é estar disponível para cumpri-la. E ser acessível, (...) de modo a ser mobilizado, a qualquer momento, para a missão a que se está, por assim dizer, destinado."[45]

O sentido de missão a cumprir descrito nas autobiografias pode, muitas vezes, ser identificado nos próprios títulos. Carlos Lacerda batizou a sua de *Rosas e pedras de meu caminho*. Samuel Wainer escreveu *Minha razão de viver.* Adolf Hitler pariu *Minha luta*. Todos tentaram justificar suas "ações heróicas", independentemente das implicações ideológicas. O senso de controle do próprio destino a partir da crença em um propósito superior fez com que cada um acreditasse ser um indivíduo especial, único, o mais insubstituível dos seres. Mas eles não foram os primeiros. No século XVIII, Jean Jacques Rousseau já deixara patente essa crença na introdução de suas confissões: "A natureza perdeu a fôrma em que me moldou."[46]

Rousseau segue as estratégias da mitologia grega[47] na tentativa de se caracterizar como herói de seu tempo, sempre exaltando a virtude e a moral, ou seja, a *areté* e a *timé*. Ambos os termos são encontrados dezenas de vezes nas *Confissões*, imbuídos de considera-

---

[44] Publicada na década de 70 pela revista *Manchete*, e reeditada pela editora da universidade de Brasília em 2001.

[45] Lacerda, p. 81.

[46] Rousseau, p. 9.

[47] Idéia inicialmente levantada em minha tese de mestrado.

ções temáticas utilizadas, inclusive, para a análise do filósofo sobre o estado de natureza. Mas é impossível não notar as semelhanças entre a quimera de Aquiles com o comandante dos aqueus, na *Ilíada*, e a quimera entre Rousseau e o líder dos enciclopedistas, nas *Confissões*.

Assim como Agamêmnon, também Diderot assume a postura de comandante de tropas que estão em guerra. Se o primeiro guerreava contra os troianos, o segundo trava combate contra um poder despótico e arbitrário, contra uma epistemologia arcaica, contra a ignorância. Se entre os aqueus havia heróis como Nestor, Ulisses e Aquiles; entre os *philosophes* estavam os heróis Voltaire, D'Alembert e o próprio Rousseau – apesar de ocupar uma posição marginal dentro do movimento. Todos como figuras idealizadas inseridas no imaginário de cada época. Como coloca Robert Darnton:

> "Uma tal versão do passado coloca os philosophes num papel heróico. (...) D'Alembert reconheceu a existência de verdadeiros generais, travando guerras reais, mas escreveu como se não houvesse história alguma, a não ser a história intelectual, e os philosophes fossem seus profetas."[48]

O mesmo Darnton aborda o culto aos *philosophes* durante toda a história do iluminismo como guerreiros em luta pela civilização. Mais do que isso, poderíamos dizer em luta pelo avanço de um processo de identidade, com conseqüências históricas inegáveis.

Assim, podemos comparar o aviltamento da *timé* de Aquiles com o de Rousseau. O herói genebrino, que já conta com o preconceito de não pertencer à aristocracia, não sendo portanto considerado digno de possuir *areté*, se vê traído pelo amigo, que o execra publicamente, humilhando-o. Até mesmo Thérèse, mulher de Rousseau, pode ser comparada com Briseida, onde, se não há rapto, há a intriga: "Uma coisa me surpreendeu muito mais: foi saber das conversas particulares que Diderot e Grimm tinham tido, freqüentemente, com uma e outra (mulher e sogra) para desligá-las de mim, e que não tinham triunfado por resistência de Thérèse."[49]

Pior faz Voltaire, que, ao saber que Rousseau enviara os cinco filhos para instituições públicas, e chamando-os de filhos bastardos de uma lavadeira, imprime *O sentimento dos cidadãos*, e o distribui pelas ruas de Paris, retratando um pai violento e cruel.

---

[48] Darnton, p. 268.

[49] Rousseau, p. 378.

Essas e muitas outras ofensas à *timé* de Rousseau fazem com que seu retiro seja inevitável. Ele deve abandonar o campo de batalha, neste caso a própria *pólis*, da mesma forma que Aquiles o fez. Mas sua volta não tardará. Assim como Homero prepara a volta de Aquiles, sob o pretexto da morte de seu amigo Pátroclo, Rousseau prepara a sua própria, sob o pretexto da autobiografia. Esta não é apenas uma palavra literária, mas a expressão imediata de seus sentimentos. "É uma resolução que jamais houve exemplo e que não terá imitador", pois "(...) ele não retomará a pena exceto para retificar a imagem anterior que deu ao mundo e da qual se apoderaram seus inimigos."[50] Rousseau constrói, sob a égide das *Confissões*, a sua armadura de Hefestos. E com ela derrota seus inimigos e fixa sua imagem de herói mítico perante a sociedade francesa do século XVIII.

Entender o mito também é entender-se, é participar da teia de significações e conexões que constituem a realidade, mesmo que ela seja encenada. Para isso, é preciso fazer a equivalência conceitual que se expressa através do símbolo, reconhecer a linguagem, estar atento às imagens e, nas palavras de Goethe, entender "as relações permanentes da vida", "pois os símbolos da mitologia não são fabricados; não podem ser ordenados, inventados ou permanentemente suprimidos. Esses símbolos são produções espontâneas: cada um deles traz em si, intacto, o poder criador de sua fonte".[51]

Mas será que ainda existe lugar para a exaltação do herói no espaço da contemporaneidade? Para Featherstone, se o modernismo cultural "favoreceu o *éthos* anti-heróico",[52] com a valorização do prosaico e do ordinário, na contemporânea cultura de consumo, a vida heróica ainda é uma imagem importante. Só que esta é uma pseudovida heróica, já que os heróis não são heróis, apenas "interpretam heróis".[53] Sua valorização está na capacidade de representar efeitos dramáticos e manter um fascínio sobre si. Em outras palavras, na capacidade de tornarem-se celebridades. "A característica que se exige das celebridades é que tenham uma *personalidade*, que possuam a capacidade do ator, no sentido de apresentar um eu colorido, de manter uma postura, um fascínio, um mistério."[54]

[50] Starobinski, p. 279.

[51] Campbell, p. 15.

[52] Featherstone, p. 97.

[53] Benjamim, p. 97.

[54] Featherstone, p. 97.

As celebridades são as estrelas do cotidiano, o eu espetacularizado. Elas acabam sobrepondo-se às próprias estrelas produzidas pela mídia no âmbito das tradicionais formas de entretenimento, como o teatro, o cinema e a TV. Quando os atores da TV Globo dão entrevistas sobre os participantes do *Big Brother Brasil*, eles estão entrando nessa lógica. É a estrela opinando sobre o anônimo que virou uma celebridade instantânea. O movimento inverso do *star system*. Até os próprios autores de novelas, acostumados a produzir estrelas, percebem esse movimento. Para Silvio de Abreu, por exemplo, o fenômeno é bem anterior aos *reality shows*: "O melhor exemplo de que vivemos na era das celebridades instantâneas é a Adriane Galisteu. Quando a casa dela é assaltada, primeiro ela chama a revista Caras, depois chama a polícia."[55]

A atitude de Adriane não é gratuita. A exposição da intimidade é uma das principais estratégias de sobrevivência das celebridades. Despertar com a buzina do programa do Gugu, enquanto o Brasil conhece seu quarto e sua camisola (ou a falta dela), mantém a celebridade no espelho. Mais do que se identificar, o espectador se vê na figura da estrela instantânea. Aquela poderia ser a cama dele, tamanha é a intimidade que os une. A mídia cria um sentido de auto-semelhança.

No artigo *Invasão de privacidade? Reflexões sobre a exposição da intimidade na mídia*,[56] Maria Celeste Mira analisa a transformação histórica da noção de intimidade para defender a tese de que o conceito de intimidade das classes populares não é o mesmo das classes de maior poder econômico. Baseando suas reflexões em Jürgen Habermas e Norbert Elias, Mira volta à Idade Média para mostrar que os cômodos das casas e palácios não eram especializados como hoje, o que só vai acontecer com a ascensão da burguesia: "Como se sabe, a intimidade é uma criação burguesa que, como esclareceu Habermas, vai dividir o espaço social entre a esfera pública e a esfera privada, no interior da qual se situará outra ainda mais recolhida, a esfera íntima."[57]

No Antigo Regime, o mesmo aposento poderia servir para comer, dormir a até receber visitas. Na ausência de corredores, passava-se pelo interior dos cômodos para circular pelas casas. Na interpretação de Mira, "não estava aí presente a idéia de que determinadas atividades da vida diária pertenciam a uma esfera íntima".[58]

---

[55] Entrevista a Gabriela Goulart. Caderno B. *Jornal do Brasil*. 12/01/2002.

[56] Revista "Lugar Comum" n. 5-6, pp. 97-116.

[57] Mira, p. 98.

[58] *Ibidem*, p. 99.

O próprio despertar do Rei era acompanhado por integrantes da corte, que o auxiliavam em sua toalete matinal. O impulso de esconder a nudez ou os cuidados corporais não era tão difundido. Os banhos eram coletivos e não havia roupas especiais para dormir. Era comum pessoas de sexos e idades diferentes dormirem nuas no mesmo quarto.

Para Norbert Elias, a partir do século XVII, começa a haver uma preocupação maior com o pudor, primeiro nas classes mais altas e depois nas mais baixas, que mantêm por mais tempo os velhos costumes. Mira defende a idéia de que essa demora se deve à pouca significação que a casa popular tem para seus moradores, já que seu espaço reflete as difíceis condições de vida dessa classe. A própria relação com a família é esvaziada de sentimentos, limitando-se a uma estratégia de sobrevivência. O verdadeiro "lugar de trocas afetivas", como observa Elias, é no interior do que ele chama de "comunidade familiar estendida",[59] ou seja, um círculo social que incluía comadres, primos, afilhados e vizinhos. Como as carências sociais eram grandes, o isolamento representava um grande perigo para as classes baixas. Daí a sociabilidade popular funcionar como um cinturão de proteção contra o frio, a fome e outras mazelas.

Mas esse raciocínio é inverso na burguesia, que passa a valorizar o isolamento e os valores ligados à família, numa tentativa de se diferenciar das classes populares. A vida profissional deve ser separada da vida familiar. A casa, como diz Benjamim, é a expressão da personalidade do burguês. E ela vai ser individualizada, com cômodos específicos e isolados, valorizando a intimidade. O amor romântico, difundido pelo romance burguês, e a moral puritana também serão determinantes para a valorização da esfera íntima no imaginário da burguesia. A vida sexual pertence à intimidade.

Toda essa reconstrução histórica serve para Mira justificar a maior penetração que as revistas de fofocas e os programas invasores de privacidade na TV têm nas classes populares. Segundo a pesquisadora, as condições de vida das classes populares continuam precárias e elas ainda recorrem aos círculos de sociabilidade como estratégia de sobrevivência, identificando seus pares em locais de encontro como bares, templos ou clubes, e socializando o acesso ao espaço da casa, sem se importar com a diluição da privacidade. Da

---

[59] *Ibidem*, p. 100.

mesma forma, o modo de apropriação do conteúdo midiático também é socializado. A audiência da TV é coletiva. O aparelho é colocado na sala, de frente para a porta, e os vizinhos têm livre aceso ao sofá. "Há boas razões para acreditar que a propagação do modo de vida burguês não destruiu totalmente o que as classes populares cultivaram durante séculos em todo o ocidente."[60] A partir desse raciocínio, Mira conclui que, lendo sobre a vida das celebridades, a pessoas tornam-se cada vez mais íntimas delas, recriando o contexto do bairro ou da pequena comunidade, onde a vida privada do indivíduo interessa a todos e a intimidade é socializada. "Através da mídia e das novas tecnologias podem ser criados novos sentidos de comunidade: uma comunidade 'sem lugar' ou, como propõe Meyerowitz, uma comunidade que independe do local."[61]

Mas se as classes altas valorizam mais a privacidade, inclusive no ato de assistir à TV, já que os aparelhos ficam nos quartos ou em ambientes específicos, não é verdade que elas sejam menos seduzidos pela exposição da intimidade das celebridades. É possível que o raciocínio de Mira refira-se mais especificamente às revistas de fofoca e a programas de TV como Ratinho ou Gugu, pois seu texto é anterior à explosão dos *reality shows* no Brasil. Mas a audiência do *Big Brother Brasil I* demonstra que as classes mais altas também gostam do buraco da fechadura, o que talvez se explique pelos motivos apresentados no começo desse texto: a identificação dos personagens com a classe média e o desejo da platéia de também ser ator do espetáculo.

O fato é que todos conhecemos a intimidade de Kleber Bambam e a bulimia de Leka, assim como, há anos, acompanhamos os namoros de Adriane Galisteu e Luciana Gimenez, celebridades instantâneas que já foram institucionalizadas. A vida é midiática e deve ser vivida como um espetáculo em que todo dia há um novo capítulo, e onde, invariavelmente, a intimidade está presente. "Sei mais sobre a vida íntima de Lady Di que sobre minhas amigas."[62]

Se, no passado, era preciso ler a biografia de uma estrela para conhecer passagens de sua intimidade que ela julgasse conveniente

[60] *Ibidem*, p. 109.
[61] *Ibidem*, p. 113.
[62] *Ibidem*, p. 97.

divulgar, hoje a biografia é escrita diariamente na mídia. O espaço dos heróis (mesmo os pré-fabricados) foi ocupado pelas celebridades. A superexposição substitui a virtude (*arete*) como valor supremo. As imagens são preconcebidas. As estórias já foram contadas. E a encenação continua até mesmo após a morte (Elvis ainda não morreu). O que nos leva a refletir sobre o papel do biógrafo no mundo contemporâneo. Que tipo de discurso ele deve construir? Que linguagem empreender? Que informações priorizar? Como fugir da ilusão de que se pode apresentar a vida como uma estória coerente? Como explorar as múltiplas identidades? E, principalmente, quem escolher como personagem e de que maneira evitar a "celebrização" de sua imagem?

Jornalistas, escritores, produtores, dramaturgos, cineastas, diretores e todos os outros responsáveis pelo discurso midiático estão em xeque. Se a vida é um *show* e a mídia é um palco, os roteiristas do espetáculo correm o risco de tornarem-se os bobos da corte.

V
Jornalistas e histórias

"Eu, que me disse anjo ou mago, dispensado de toda moral, estou devolvido ao chão, com uma obrigação a buscar e a realidade enrugada para me abraçar"

Arthur Rimbaud (*Adeus*)

Rio de Janeiro, esquina das ruas Barata Ribeiro e Bolívar, em Copacabana. Sete horas da manhã do dia primeiro de janeiro. Um ônibus atropela uma jovem de 22 anos, depois de receber uma fechada de um carro de luxo. Os paramédicos são chamados e não demoram em chegar ao local. O estado da jovem é grave, mas ela ainda respira. A ambulância leva-a ao hospital Souza Aguiar, onde é constatada a morte cerebral. Estamos no primeiro dia da nova lei de doação de órgãos no Brasil, pela qual todos são doadores, a menos que manifestem seu desejo em contrário na carteira de identidade. A assessora de imprensa do hospital liga para uma emissora de TV. Pode ser um "fato histórico": o primeiro transplante, sob a égide da nova lei.

Nove horas da manhã. Redação do departamento de jornalismo de uma grande emissora de TV carioca. O pauteiro, jornalista especializado em dizer o que os repórteres devem fazer, escreve um texto com um resumo do fato e sugere que seja feita uma reportagem. Ele já é a quinta pessoa a fazer uma construção do acontecimento. A primeira foi uma testemunha ocular, que fez o relato para o paramédico. Este ainda contou para o cirurgião do hospital, que, por sua vez, avisou à assessora de imprensa. Mas o processo não pára por aí.

O produtor do telejornal da emissora faz um relatório para o chefe de reportagem e marca o roteiro a ser seguido pelo repórter, que já é a oitava pessoa envolvida na construção da estória. Na rua, o repórter aponta para o cinegrafista as imagens que devem ser feitas para ilustrar a reportagem. Elas mostram as marcas de sangue no asfalto, o ônibus parado e um movimento de câmera que supõe reconstituir o trajeto feito pelo veículo. De volta à redação, ele escreve um texto para apresentar ao editor da reportagem, que considera as imagens insuficientes e determina ao editor de arte que faça uma reconstituição no computador. Mas antes de a matéria ir ao ar, o editor-chefe ainda faz algumas modificações no texto que será lido pelo apresentador, o décimo terceiro intérprete do acontecimento.

Não é difícil perceber que nenhum relato é imediato, salvo talvez aquele absorvido pelo filho da *tricoteuse*, conforme descreve Jean Lacouture.[63] Se usamos diversos meios para relatar um acontecimento, a imediação em si já é um paradoxo incontornável. E no caso da TV, o meio pode se confundir com o relato, ser a própria mensagem, como propõe Mac Luhan. No exemplo proposto, o acontecimento assume as diversas cores que os diversos intérpretes dão a ele. Conforme a hipótese construtivista de Paul Veyne, o acontecimento é o que fazemos ele ser.

Na TV, como em outros *mass media*, a chave para a construção do fato é o espetáculo. Se o editor de arte do telejornal resolve usar recursos de computação gráfica para reconstituir um atropelamento em Copacabana, seu objetivo está em proporcionar ao telespectador uma visão superprojetada do *fait divers*, transformando-o em acontecimento, com grau de importância medido pela capacidade de consumo que ele desperta. A realidade é projetada pela imagem e pela palavra de forma teatralizada, moldada em ilhas de edição, onde os cortes e as seqüências de plano são orientados pelo critério da supervalorização. "Os *media* transformam em atos aquilo que não teria sido senão palavra no ar, dão ao discurso, à declaração, à conferência de imprensa a solene eficácia do gesto irreversível."[64]

Em uma metrópole como o Rio de Janeiro, atropelamentos são comuns, não merecem destaque por parte da imprensa. Mas passam a ser acontecimento quando a vítima torna-se um doador de órgãos no primeiro dia em que entra em vigor uma nova lei sobre o tema. Se não fosse este detalhe, ele passaria em branco, como um *fait divers*

[63] Lacouture, p. 215.

[64] Nora, p. 182.

qualquer. E é claro que a reportagem vai explorar ainda mais a dramaticidade do tema, procurando as pessoas que receberão os órgãos do doador. Autópsia sentimental do telespectador é o que se quer. Conforme o raciocínio de Nora, o evento é projetado, lançado na vida privada e oferecido sob forma de espetáculo: "Sobre qualquer acontecimento, o imaginário da massa quer enxertar qualquer coisa do fato cotidiano: seu drama,... seu poder de identificação, o sentimento de fatalidade que o acompanha."[65]

A proximidade temporal e o envolvimento material fazem do jornalista praticante e reflexo do acontecimento, aproximando-o dos problemas comuns aos "imediatistas", como, por exemplo, o desconhecimento do final da história, o excesso de informações, a falta de confiabilidade das fontes e a impossibilidade de acesso a alguns arquivos. Além disso, a mídia influencia o ideário coletivo, que não se reduz ao significado intelectual, sendo também estritamente ligado a nuanças emocionais. O que "a realidade propõe, o imaginário dispõe"[66], analisa Pierre Nora, tomando como exemplo o suicídio de Marilyn Monroe, que, para tornar-se um acontecimento, precisou que milhões de pessoas vissem nele o drama do *star system* e a tragédia da beleza interrompida.

Os acontecimentos na contemporaneidade juntam as forças da informação e da mudança, agregando o fato cotidiano e o evento, o real e o ficcional. São construídos pelos meios de comunicação, mas também os constroem. Um duplo movimento, que só faz aumentar a crise epistemológica da operação jornalística.

Cada vez mais tênue, a fronteira entre o imaginário e o real caminha para a dissolução, forçando o jornalista a pensar em formas alternativas de representação do acontecimento. Como coloca Hayden White, é preciso "produzir novos critérios sobre o lugar de suspensão entre a história e a ficção".[67] Devemos repensar conceitos éticos e estéticos, refletindo sobre as forças simbólicas de condução e construção dos eventos, e sobre suas próprias demandas. A representação trágica de um atropelamento e a autópsia sentimental da doação de órgãos, feitas através de imagens sensacionalistas e cortes na ilha de edição, não são situações isoladas, não se produzem sozinhas. São, na verdade, aspirações da pró-

---

[65] *Ibidem*, p. 184.

[66] *Idem*.

[67] White, p. 20.

pria sociedade, ávida por consumir este tipo de produto. Este sim é um movimento perigoso, em que o consumo determina o produto e o produto determina o consumo, em um ciclo vicioso interminável.

No cotidiano de uma redação jornalística, o espaço para reflexão é mínimo. Espremido pelos *deadlines* e pela busca incessante do furo de reportagem, o jornalista é mais uma peça da engrenagem produtiva. O evento é sua matéria-prima e o tempo curto seu campo de atuação. Uma visão falaciosa, como afirma Fernand Braudel, para quem "o tempo curto é a mais caprichosa, a mais enganadora das durações".[68] Para Braudel, em oposição a esta narrativa de fôlego curto, dramática e precipitada, está uma "história longa, de respiração contida e de amplitude secular".[69]

O que Braudel quer nos trazer não é o fim do evento, mas a idéia de que ele anexa um tempo muito superior à sua própria duração. Para ele, a história é a soma de todas as histórias e de todos os tempos possíveis e todas as ciências são contaminadas umas pelas outras, sendo, portanto, impossível prescindir de qualquer uma delas. Braudel desconfia da história puramente factualista e defende a longa duração como a linha mais útil para a reflexão comum às ciências sociais.

Novamente, voltamos ao problema do imediatismo, que para Lacouture é enfrentado tanto por jornalistas como por historiadores, aproximados pela forma de abordagem do acontecimento, cuja opção pela crítica seria a melhor forma de manter uma postura analítica e reflexiva:

> "O que garante a autoridade crítica é a racionalização do fabuloso, é operação que consiste em extrair do acontecimento, que muda abruptamente os dados do jogo, os elementos da nova distribuição de cartas para o prosseguimento do jogo até o momento em que seu desenrolar, se não suas regras, for abalado pela apoplexia de um jogador ou pela invenção de novas cartas."[70]

Antes de Lacoture, ainda no começo da década de 1970, Pierre Nora já apontara para a volta do acontecimento como "o ponto de vista privilegiado, a via de acesso real à História do Presente".[71] Na verdade, na proposição de Nora, mais do que a volta, está a elabora-

---

[68] Braudel, p. 46.

[69] *Idem.*

[70] Lacouture, p. 224.

[71] Nora, p. 48.

ção de um novo estatuto para o evento, já que ele próprio faz uma crítica contundente à *media*, que transforma *fait-divers* em acontecimentos, misturando informação, consumo e espetacularização. Entretanto, não deixa de sinalizar que "é necessário auscultar o acontecimento, porque é ele que une, como num feixe, os significados sociais que o rodeiam".[72]

O que parece claro na abordagem da Nova História e talvez possa ser o elemento mais proveitoso para a atividade jornalística é, então, a implementação de uma nova atitude em relação ao evento, que obrigue o jornalista a ler não a partir do evento, mas a partir dos pressupostos de formação do evento. E isto quer dizer definir métodos, reavaliar fontes, escolher unidades de observação, estabelecer relações entre os elementos e chegar a modelos de estudo, sem, entretanto, deixar de considerar as múltiplas variáveis.

Jean Lacouture, por exemplo, aponta a ruína das fontes como um dos principais problemas do historiador do presente. Ao mesmo tempo em que o computador é capaz de, quase instantaneamente, fornecer ao editor de um jornal tudo que já foi publicado sobre determinado assunto, a diversidade das fontes torna o resultado final pouco confiável. Ao multiplicar as possibilidades, a informática multiplica também os riscos. E mesmo quando a fonte é testemunhal, é preciso estar atento aos interesses e pressupostos que a norteiam. "Não há grupo, personagem, instituição que não tenha seus segredos a preservar e que não responda à revelação intempestiva com a ocultação definitiva."[73]

Michel de Certeau, em debate com outros integrantes da Nova História, também chama a atenção para a necessidade de refletir sobre a produção dos fatos, alertando que a metodologia histórica sempre "insistiu mais no inventário, na classificação e no tratamento das fontes do que na construção do discurso".[74] Para Certeau, a história é a arte da encenação, uma operação que compreende a relação entre o lugar do discurso, os procedimentos de análise e a construção de um texto. Ou seja, "a combinação de um lugar social, de práticas 'científicas' e de uma escrita".[75]

---

[72] *Idem.*

[73] Lacouture, p. 228.

[74] Mesa-redonda, Certeau, p. 20.

[75] Certeau, p. 66.

A história, assim como o jornalismo, não reconstitui a realidade, mas interpreta-a. Certeau defende o modelo subjetivo, pelo qual toda interpretação histórica depende de um sistema de referência. E o lugar de onde se fala está no centro das discussões. Mais do que o público, são os pares do historiador os destinatários da obra. Uma prática ligada a métodos que protegem um determinado grupo de letrados. O saber está ligado ao lugar e deve submeter-se às suas imposições, à lei do grupo. Para Certeau, é impossível analisar o discurso histórico fora da instituição em torno da qual ele se organiza.

Neste sentido, a operação jornalística traça um caminho anacrônico, já que é destinada ao grande público, mas suas leis são regidas por um grupo, que se organiza em preceitos epistemológicos próprios e padroniza o trabalho em manuais de redação e códigos entre os pares. Só que em ambas as operações, histórica e jornalística, fica patente a natureza lacunar do discurso. Não podemos ignorar o que ignoramos do passado, ou o que ignoramos do relato do presente. A história é o que ainda podemos saber dela, nada além disso. É incoerente e ilógica na medida em que o historiador...

> "Adivinha a localização das lacunas mal remendadas, não ignora que o número de páginas que o autor concede aos diferentes momentos e aos diversos aspectos do passado é uma média entre a importância que têm esses aspectos aos seus olhos e a abundância da documentação."[76]

Vamos, então, voltar ao acontecimento relatado no início deste capítulo, usado para exemplificar a lógica da operação jornalística. Uma jovem morre depois de ser atropelada por um caminhão que levou uma fechada de um carro de luxo. Toda a reportagem é pautada pela nova lei de órgãos e a possibilidade de se registrar o primeiro transplante sob a tutela da nova lei. O enfoque foi determinado e seguido com rigor dentro do que os jornalistas chamam de "gancho" da matéria, sem o qual o atropelamento nem seria registrado. Não é necessário aprofundar-se muito para verificar as lacunas do assunto. Vamos propor duas: quem seria o motorista do carro de luxo e que motivos o levariam a dar uma fechada no ônibus. Se fosse, por exemplo, o ministro dos Transportes, ou o secretário estadual de Justiça? A "história" seria outra, e os desdobramentos também, já que a matéria seria pautada pelo biográfico, ou seja, pela celebridade envolvida.

[76] Veyne, p. 28.

Mas seria necessário um jornalista com um faro um pouco mais apurado para ver além do "gancho" da matéria, que era a nova lei de doação de órgãos.

O que chamamos de realidade constitui-se fundamentalmente de construções possíveis em formas infinitas e variáveis. O próprio indivíduo é co-construtor da realidade em que vive e que, às vezes, quer modificar. Diversas vozes e múltiplos olhares constituem o acontecimento. Para Peter Burke[77], a apresentação seqüencial dos eventos toma de empréstimo técnicas da literatura e do cinema, como, por exemplo, a ênfase sobre estruturas narrativas e construções de visibilidades. A montagem parece ser a linguagem mais adequada, com suas inúmeras possibilidades, entre as quais a própria subversão da cronologia.

Pode ser, por exemplo, a montagem na ilha de edição da emissora de TV, onde o atropelamento é reconstituído pela editoria de arte, através do computador, depois de serem escaneadas imagens feitas pelo cinegrafista horas depois do acidente. A montagem está clara, mas esta informação não será passada ao telespectador, que vai consumir a reportagem como expressão fiel da realidade, dentro de um preceito epistemológico de estabilidade e coerência.

A mídia reconstrói o acontecimento na operação jornalística, mas, junto com ela, vende a crença de que a montagem não interfere na construção da realidade. O jornalismo é um dos principais agentes da comunicação de massas, mas parece perdido diante das mudanças paradigmáticas das diversas disciplinas da atualidade, que, entre outros fatores, rediscutem "a fidelidade aos fatos", tão apregoada pelos manuais de redação.

A operação jornalística parte de um instrumental obsoleto, com compromissos epistemológicos anacrônicos. O que começa nas próprias cerimônias de formatura das escolas de Comunicação Social, com o juramento dos jornalistas de " exercer a profissão com respeito à verdade e ao homem, desenvolvendo no jornalismo a atitude crítica de responsabilidade para com o meu país, com o mundo e com os homens".

Se o ônibus que atropelou a jovem em Copacabana tivesse um nome, ele seria "revolução epistemológica". E se o repórter tivesse tempo de descobrir a profissão da moça, verificaria estar diante de

[77] *A escrita da História.*

uma colega de trabalho. A revolução epistemológica atropela o jornalista, pálido e inerte diante das profundas modificações nas representações do mundo. Conceitos como *lead*, pirâmide invertida e jornalismo de precisão são elevados à categoria de norma pelos manuais, pasteurizando textos e formatando procedimentos. Além disso, ainda cabe ao jornalista estar atento à velocidade e periodicidade de seu ofício, o que limita ainda mais seus resultados.

Talvez por isso, alguns profissionais da imprensa venham enveredando, nos últimos anos, por caminhos alternativos, como livros-reportagem, romances históricos ou biografias. Mesmo sem ter consciência do hibridismo dessas produções e ainda tentando manter a mesma fidelidade a fatos e a visões coerentes de mundo, esses jornalistas transitam pelo que a professora Diana Damasceno, em sua tese de doutorado,[78] chama de espaços *intermezzo*, ou seja, produções de contorno impreciso que se apresentam como "livros-*in-between* ou livros caóticos".[79] Livros que vêm conquistando cada vez mais espaço no mercado editorial. Só a edição de biografias cresceu 55% nos últimos anos da década passada, de acordo com o Catálogo Brasileiro de Publicações, da Editora Nobel.[80]

Para Damasceno, "escrever biografias, em nossos dias, requer consciência aguda do processo de reinterpretar o passado como forma particular de construção, sujeita a variados desdobramentos, levando em conta que vidas podem ser entendidas como sistemas complexos". Entretanto, seu próprio estudo, ilustrado pela análise das biografias *Janete Clair, a usineira de sonhos* e *O anjo pornográfico, a vida de Nélson Rodrigues*, dos jornalistas Artur Xexéo e Ruy Castro, adverte que "a escrita biográfica privilegia, em geral, a estrutura seqüencial de acontecimentos, compilados na ordem cronológica e/ou de importância, a partir da seleção de uma infinidade de dados disponíveis".[81] A velha tentação de apresentar a vida como uma estória lógica e coerente.

Ao apresentar as biografias como livros-*intermezzo*, Damasceno não cai na tentação de fazer uma classificação definida de gênero.

[78] Damasceno, 1999.

[79] *Ibidem*, p. 84.

[80] Filizola, p. 209.

[81] Damasceno, p. 97.

Ao optar pela indefinição, ela evita discussões que inviabilizariam o próprio objetivo de sua tese, além de ficar distante de embates maniqueístas sobre o tema. Uma opção que evita leituras como a de Paul Kendal, para quem as biografias são consideradas "parasitas da história",[82] que, aliás, é criticada por Maria Helena Werneck, ao propor a superação do "antibiografismo fundamental da maior parte das teorias literárias do século XX".[83] Para Werneck, a análise do discurso biográfico deve se situar nas escolhas que determinam a sua construção e não nas mudanças operadas no paradigma de gêneros.

Para Anamaria Filizola, a falta de biografias escritas por acadêmicos, já que a maioria esmagadora é assinada por jornalistas, é responsável pela falta de interesse da crítica universitária sobre o tema: "Não se cria um cânone biográfico que suscite estudos críticos que historiem a produção, examinem e discutam o material biográfico, ou seja, uma crítica biográfica."[84] Filizola ainda cita Nadia Gotlib e Maria Eugenia Boaventura como exceções, mas insiste na identificação da biografia como coadjuvante ou bastarda nos estudos culturais: "Ao não ser reconhecida como gênero autônomo de discurso (não é só história, nem ficção), a biografia cai num limbo epistemológico."[85]

A análise de Filizola só confirma a dificuldade de enveredar por uma discussão de gênero e nossa opção em evitá-la, já que este é um problema a ser enfrentado não só no campo teórico, mas nos próprios meios que o legitimam: "Algumas vezes, as biografias abrem caminho para a renovação da crítica literária. Outras vezes, procuram se ajustar à segregação que o campo intelectual lhes impõe."[86] Um alerta que encontra eco em Pierre Bourdieu, para quem a historicidade das formas biográficas depende muito mais das forças simbólicas da intelectualidade do que das mudanças de gênero. O trabalho biográfico pode assumir cores que vão da poética do elogio, conforme definida por Jean-Claude Bonnet, ao compromisso com o historicismo. Pode estar ligado a funções religiosas e morais, como na vida dos santos, optar pela informação objetiva, pela literalização, pelo ritual do elogio, ou outras quantas opções e combinações. E todas elas

[82] Kendal, p. ix.

[83] Werneck, p. 22.

[84] Filizola, p. 212.

[85] *Ibidem*, p. 214.

[86] Werneck, p. 25.

podem estar a serviço de uma série de posições políticas e concepções sociais, inseridas em dicotomias éticas que podem comprometer a posição do crítico. Assim, as estratégias de inclusão e exclusão em um paradigma de gêneros apresentam-se ligadas a um profundo questionamento em torno destes pontos. E é justamente para evitar a fragilidade de alguns critérios de valor e classificações que Philippe Lejeune opta por fazer uma análise não a partir de uma estética de gênero, mas dando tratamento específico de acordo com o que os próprios textos apresentam:

> *"Pour étudier un genre, il fut lutter contre l'illusion de la permanence, contre la tentation normative, et contre les dangers de l'idéalisation: à vrai dire, il n'eut peut-être pas possible d'étudier un genre, à moin d'accepter d'en sortir.*
>
> *Aussi, dans les études de 'poétique appliqué' qui figurent dans la section centrale, n'ai-je pas voulu définir une esthétique du genre, ni reconstituer un archétype, rousseauien ou autre, de l'autobiographie, mais simplement profiter de la lecture de textes concrets pour examiner les problèmes qui se posent à la plupart des autobiographies, et qui peuvent recevoir les solutions le plus variées."*[87]

Lejeune critica a conceitualização de gênero, pois ela nasce do equívoco de primeiro definir o objeto para depois analisá-lo. Então, para seguir em sua análise, ele parte da recepção do texto, pois para enveredar pelo estudo das relações entre o produtor, a obra e, fundamentalmente, o receptor, ele estabelece a noção de pacto, uma espécie de acordo entre as partes, que, no entanto, seria bem diferente de um contrato, já que não teria a capacidade de impor elementos rígidos diante da impossibilidade da co-presença física de todas elas.

Na análise do objeto biográfico (e autobiográfico), Lejeune propõe o pacto referencial, onde estão definições do campo do real e enunciados sobre modalidades e níveis de semelhança a serem elaborados pelo texto. O conceito de semelhança estará ligado à fidelidade desse texto ao modelo extradiegético e suas significações, diferente do conceito de identidade, definido a partir das concepções sobre autor, narrador e personagem.

Para Lejeune, a biografia clássica se inscreve na categoria de semelhança, que está situada em dois níveis: o da exatidão, que diz

[87] Leujene, p. 8.

respeito à informação; e o da fidelidade, que está ligada à significação. No interior desta divisão, seriam ingênuos os biógrafos que tratassem a significação pelo plano da exatidão, ou seja, em semelhança com a realidade extratextual, sem levar em conta que a significação só pode ser produzida por meio de técnicas narrativas e por meio da intervenção de um sistema de explicação que implica a ideologia do historiador. Os próprios "fatos", que seriam a matéria-prima do biógrafo, não podem ser tratados como eventos isolados. As metamorfoses do acontecimento, conforme tratadas pela escola dos *Annales*, evidenciam que o acontecimento está intimamente ligado à sua expressão, ou seja, à própria construção. E esta não leva em conta apenas aspectos intelectuais, mas também virtualidades emocionais. Mais uma vez, vale o exemplo da morte de Marilyn Monroe, citado por Nora:

> "Para que o suicídio de Marilyn Monroe possa tornar-se um acontecimento, é necessário, e é suficiente, que milhões de homens e mulheres possam ver nele o drama do *star system*, a infeliz vendedora que se escondia por trás da supervedete, a tragédia da beleza interrompida, a infelicidade da existência mais dissimulada, a futilidade de qualquer sucesso. (...) Sobre qualquer acontecimento, o imaginário da massa quer poder enxertar qualquer coisa do fato cotidiano."[88]

O exemplo de Marilyn é pertinente porque evidencia não só uma confusão entre os domínios público e privado, mas também a própria dificuldade de estabelecer fronteiras entre a realidade e a ficção. Quantas pessoas duvidaram que o mito pudesse realmente ter morrido? Assim como, até hoje, milhares de americanos acreditam que Elvis ainda está vivo. Ou, para citar um caso brasileiro, quem não se surpreendeu com as circunstâncias do assassinato da atriz Daniela Perez? Que autor de novelas imaginaria um enredo onde dois atores formam um par romântico na ficção, mas ele a mata na vida real?

A conceitualização de Lejeune talvez seja insuficiente nesta abordagem. Mas na releitura de sua obra, "*Lê pacte autobiographique (bis)*"[89], ele reavalia algumas considerações sobre o termo *ficção*, deixando de relacionar o termo *romance* como sendo seu sinônimo, em oposição à não-ficção, que estaria relacionada com o real. O pac-

---

88 *Idem*.

89 Leujene (1982).

to também é revisto, e o autor admite a insuficiência do sistema referencial, levando em conta que a autobiografia também pode pertencer a um sistema literário que mimetiza o primeiro. Assim, Lejeune passa a valorizar mais as técnicas narrativas do texto do que o contrato, admitindo diferentes leituras para um mesmo texto.

Ao encarar os arquivos como textos produzidos por um autor, é possível abordar um outro problema para o biógrafo: a possibilidade de haver uma mudança entre a intenção do autor dos arquivos e a intenção imaginada pelo biógrafo. É comum ver jornalistas atribuírem o *status* de "verdade" a seus relatos, tomando como base pesquisas em arquivos. A intenção de quem produziu esses arquivos deve ser levada em conta e ela pode ter múltiplas variações e (re)interpretações.

O biógrafo redobra sua atenção, principalmente se ele for o arrombador profissional, conforme a concepção de Janet Malcom, ou seja, aquele que "invade uma casa, revira as gavetas que possam conter jóias ou dinheiro e finalmente foge, exibindo em triunfo o produto de sua pilhagem".[90] Quero acreditar que se existe um invasor, certamente haverá alguém no papel de invadido, e muito provavelmente será ele o portador de informações importantes para as interpretações do biógrafo. Mas, para Janet Malcom, se ele pertencer à família do biografado, haverá grandes problemas.

É claro que, dificilmente, o biógrafo encontrará um arquivo melhor sobre a vida do biografado em outra fonte. Mas o que poderia ser uma dádiva pode acabar virando uma maldição. Janet Malcom não tem dúvidas: "Os familiares são os inimigos naturais dos biógrafo; são como as tribos hostis que o explorador encontra e precisa submeter sem piedade a fim de se apossar de seu território."[91]

A afirmação de Malcom foi baseada no estudo que fez sobre as biografias de Sylvia Plath, nas quais as intervenções da família da poeta influíram diretamente no texto final. Mas deve ser encarada como um alerta, não como uma barreira. Os parentes do biografado devem possuir escritos inéditos, como diários ou correspondências, que podem facilitar muito o trabalho do biógrafo, até mesmo indicando caminhos para outras interpretações. Mas o fato de vetarem o

---

[90] Malcom, p. 16.

[91] *Ibidem*, p. 18.

acesso a estas informações não pode se transformar numa hesitação. Para Malcom, a biografia tem uma natureza transgressora e implica um conluio entre o autor e o leitor, que atravessam um corredor para espiar pelo buraco da fechadura. A hesitação diante deste último significaria a deslegitimação do empreendimento.

É claro que se o biógrafo puder contar com a colaboração da família, o trabalho será facilitado. Mas estas facilidades podem ser apenas aparentes. Quando se lida com contemporâneos do biografado, a maior parte dos testemunhos está baseada na memória, e ela está suscetível aos interesses e à imaginação do emissor.

Tomando como referência a análise de Maurice Halbwachs,[92] é preciso haver uma base comum entre a memória do outro e a nossa, ou seja, pontos de contato que possam fazer de uma lembrança a possível reconstituição de um acontecimento. Talvez possamos recorrer ao confronto de testemunhos, mas há interesses que são comuns e podem coincidir nas declarações. O que fazer, então? Assumir a vulnerabilidade ou evitar a hesitação? Como Luiz Vianna Filho,[93] devemos aceitar que biografia não é um relato coerente e seguro? Ou, como Janet Malcom, devemos rejeitar qualquer dúvida sobre o trabalho biográfico, sob pena de sermos execrados pelos leitores? As múltiplas possibilidades narrativas e a ineficácia de explicações unilaterais e totalizadoras, onde baseamos nossos pressupostos epistemológicos, respondem a essa pergunta.

Qualquer que seja (re)construção narrativa do biógrafo, ela estará inserida em uma comunidade interpretativa, definida por Stanley Fish, e apresentada por Heidrun K. Olinto, como um "grupo de leitores que compartilham normas que governam sua atividade de construção na esfera estética".[94] É esta comunidade que vai produzir critérios diferenciais para as interpretações da narrativa. E estas interpretações, como aponta Heidrun K. Olinto, agora citando Jonathan Culler, "não são fruto de associações subjetivas, mas situam-se em esferas públicas onde são discutidas e justificadas em relação a convenções inscritas numa tradição e inseridas na instituição literária".[95]

92 Halbwachs, p. 4.

93 Vianna Filho, p. 53.

94 Olinto, p. 30.

95 *Idem.*

Escolhendo caminhos, assumindo opções, cometendo erros, o biógrafo envereda por um terreno escorregadio, sem equipamentos de segurança. A totalidade está nas lacunas. As certezas nas antíteses. Pode não estar em busca do tempo perdido, mas, nas palavras de Proust, "a única viagem verdadeira, o único banho de rejuvenescimento, não é partir para novas aventuras, mas ter outros olhos".[96]

[96] Proust, Marcel. *Em busca do tempo perdido*. Vol. 1. Livros do Brasil. Lisboa. S/d.

VI
Fractais e identidades

"O poeta está assim nas Landes deste mundo;
Já que está sem ferida, assume seu tesouro.
Precisa ter no peito um talho bem profundo,
Para os versos verterem lágrimas de ouro."

Théophile Gautier (*O pinho de Landes*)

No princípio, era o caos. "Havia trevas sobre a face do abismo."[97] Na Bíblia, as palavras caos e abismo têm o mesmo significado, pois a origem etimológica da primeira corresponde à segunda. Caos vem do grego *khínein*, que significa exatamente abismo. Os próprios gregos trataram de relacionar a palavra com desordem e confusão, opondo-a radicalmente à idéia de organização e estabilidade.

A obsessão em dominar a natureza esconde a verdadeira obsessão do homem: dominar o caos, ou, em outras palavras, ter previsões seguras que evitem a queda no abismo. Para isso, ele inventou a ciência e tratou logo de criar leis deterministas que dessem estabilidade aos fenômenos naturais. A física de Aristóteles, a mecânica de Newton ou a abóboda de Ptolomeu tinham a função primordial de ordenar os acontecimentos da natureza, explicando suas origens e tentando prever seus movimentos.

Mas a natureza não se mostrou tão previsível. Nas últimas décadas, a instabilidade quântica e a teoria do caos vêm ganhando espaço nos estudos das chamadas ciências da complexidade. Para isso o conceito de caos não é mais associado à ausência de ordem, e sim a siste-

[97] Gênesis, cap.1, vv. 2.

mas dinâmicos e complexos de informação. A imprevisibilidade está presente nestes sistemas, já que eles podem variar de forma aleatória no decorrer do tempo. Em palestra proferida no *XIII Encontro da Anpoll*, o físico Fernando Paixão exemplificou os fenômenos da imprevisibilidade, citando o trabalho do metereologista Edward Lorenz:

> "Na área de previsão atmosférica, este pesquisador percebeu este fenômeno pela primeira vez por acaso. Utilizava um computador para resolver as equações que simulavam a evolução no tempo das condições atmosféricas. Num certo instante, resolveu parar para observar os resultados intermediários. Ao retornar os dados ao computador para reiniciar o trabalho, fez um leve arredondamento e o resultado foi que a evolução temporal cada vez ficava mais distante do resultado obtido sem parar. Este resultado motivou a frase *uma borboleta voando em São Paulo pode provocar uma tempestade em Nova Iorque*."[98]

O efeito borboleta pode não ser tão compreensível para o público leigo, mas há fenômenos mais corriqueiros como o trânsito das metrópoles, por exemplo. Basta um carro parar em uma via movimentada para produzir uma imediata diminuição dos veículos dessa via. E nas variações do fluxo de trânsito em ruas perpendiculares ou paralelas poderemos observar o caos momentâneo. Em cidades sem planejamento urbano, o caos pode ser até permanente.

No dia 21 de janeiro de 2002, os brasileiros puderam observar um fenômeno caótico em larga escala. O blecaute que deixou 67 milhões de pessoas no escuro durante cinco horas foi causado por um simples parafuso frouxo. A rede de Furnas tem 1,5 milhão de parafusos distribuídos por 72 mil quilômetros de linhas de transmissão, mas bastou o descuido com apenas um deles para acontecer o apagão.

Para ilustrar a idéia de que há estruturas de ordem nos sistemas caóticos, basta perceber que o fenômeno seguiu a lógica do efeito cascata. O parafuso frouxo no espaçador da linha de transmissão causou o desgaste do cabo e a linha arrebentou. O contato do cabo com a água do rio Paraná provocou uma explosão. Essa falha aconteceu na linha que transporta energia entre a Usina Hidrelétrica de Ilha Solteira e a subestação de Araraquara, em São Paulo. Duas das seis linhas que saem de Ilha Solteira estavam desligadas para manutenção. Eram os trechos entre a usina hidrelétrica e a subestação de Água

[98] Paixão, p. 4.

Vermelha, em Minas Gerais, e entre Ilha Solteira e a subestação de Bauru, em São Paulo. Um erro no acionamento da proteção do sistema de transmissão na usina provocou o desligamento de outra linha paralela ao trecho Ilha Solteira/Araraquara. Esta linha não apresentava qualquer problema de funcionamento e poderia levar energia. Mas o sistema de segurança que permitiria isolar os estados do Rio de Janeiro e São Paulo não funcionou direito e houve o blecaute. Com a falta de energia na sala do sistema de supervisão e controle do Operador Nacional do Sistema Elétrico (ONS), que deveria ser o quartel-general do combate ao apagão, todos os equipamentos de emergência deixaram de funcionar. E o caos durou quase cinco horas.

A complexidade do sistema caótico revela-se na teia de conexões que o constitui. Outro exemplo clássico é a Bolsa de Valores. Ao ver as imagens de um pregão, observamos um grande tumulto de pessoas, falando ao mesmo tempo e movendo-se aleatoriamente. Mas o aparente caos tem uma ordem implícita no sistema dinâmico que rege o pregão: lei da oferta e da procura, medidas políticas, lucro e prejuízo de empresas, informações privilegiadas de acionistas, etc.

Entretanto, até mesmo essas referências ordenadoras transitam pela imprevisibilidade. Há alguns anos, o analista de finanças Mark Goodson e o astrólogo Christeen Skinner participaram de uma experiência promovida pela Universidade de Hertfordshire, na Inglaterra, para testar métodos de análise do mercado de ações.[99] Goodson montou uma carteira de investimentos com base em análises de desempenhos de empresa, enquanto Skinner baseou-se no movimento dos planetas. Ao mesmo tempo, um psicólogo da universidade pediu que uma menina de cinco anos também montasse uma planilha de compra de ações. O resultado foi surpreendente. No período dos investimentos, a bolsa de Londres caiu 16%, mas a baixa não atingiu nenhum dos papéis da menina. Ela obteve rendimentos de 5,8%, enquanto os investimentos selecionados pelo especialista Goodson caíram 46,2% e pelo astrólogo Skinner 6,2%. A menina derrubou as fórmulas de análise do mercado financeiro e conseguiu fazer escolhas certas durante um ano de instabilidade na bolsa.

Com tantos exemplos diferentes, o lado irregular das ciências da natureza, que chamou a atenção do meteorologista Edward Lorenz,

[99] Fonte: *Jornal do Brasil*, 15/3/2002.

passou a interessar também a cientistas de outras áreas, que passaram a investigar os fenômenos caóticos. As primeiras experiências começaram ainda na década de 1960 e se intensificaram nos anos 80. Além de Lorenz, destacaram-se pesquisadores como R.L.Devaney, autor de *An introduction to chaotic dynamical systems*, e Isabelle Stengers e Ilya Prigonige, que escreveram o livro *Order out of chaos*, no qual defendem a idéia de que há uma ordem de recriação desenvolvendo-se no centro da desordem.

O surgimento de novos paradigmas relacionados ao caos, ligados principalmente a questões como a imprevisibilidade, a teia de conexões da realidade, os sistemas dinâmicos e a complexidade, também o aproximaram das ciências humanas. Além de citar Prigonige e Stengers como exemplos, a pesquisadora brasileira Diana Damasceno relaciona a teórica da literatura Katherine Hayles, para quem "a linguagem não deve ser entendida como instrumento passivo de transmissão de informação, mas, ao contrário, como um espaço produtivo de complexos processos de comunicação interativos".[100]

Damasceno aborda a teoria do caos em sua tese de doutorado[101], que tem como objetivo verificar as possibilidades de construir teorias complexas para representar e traduzir literatura. Fixando-se mais explicitamente nas narrativas biográficas, ela conclui que:

> "Tais produtos parecem surgir **dos** e **nos** espaços caóticos, *in-between*, gerados por múltiplas formas de organização construtoras de novas ordens, que permitem o cruzamento de linguagens diversas, como a linguagem da informática, a jornalística, a da escrita da história e a literária."[102]

Entretanto, o estudo da narrativa biográfica no interior da complexidade dos sistemas caóticos aplica-se não apenas no cruzamento de linguagens diversas, mas também (e principalmente) nas pesquisas sobre as múltiplas identidades. Para isso, o conceito de fractal parece ser o mais apropriado.

O termo *fractal* foi utilizado pela primeira vez em 1967 pelo matemático polonês Benoit Mandelbrot. Sua origem etimológica está no latim *fractus*, que significa irregular, e no verbo, também latino, *frangare*, que significa fraturar. Mandelbrot queria que a

[100] Damasceno, p.23.

[101] *Entre múltiplos eus – os espaços da complexidade* – DP de Letras da PUC-Rio. 1999.

[102] *Ibidem*, p.125.

palavra ilustrasse o novo conceito elaborado por ele na análise das formas geométricas. Mas, após a publicação do livro *The Fractals Geometry of Nature*, em 1982, o vocábulo passou a caracterizar formas irregulares estudadas também em outras áreas, como a geologia e o mercado financeiro.

Na geometria fractal, é possível encontrar números quebrados entre as diversas dimensões espaciais, o que seria impossível na geometria euclidiana, que considera um ponto como dimensão 0, uma linha como dimensão 1, um plano como dimensão 2 e um volume como dimensão 3. É o caso, por exemplo, de uma esponja. O volume tem porosidades e vazios que estão entre a segunda e a terceira dimensão, e não podem ser representados por números inteiros.

Para resumir, *fractal* é uma figura geométrica n-dimensional com uma estrutura complexa e pormenorizada em qualquer escala. Os fractais são auto-similares e independentes em escala, ou seja, cada pequena seção de um fractal pode ser vista como uma "réplica" em tamanho menor de todo o fractal. O que significa que podemos recorrer a um padrão dentro de outro padrão e assim por diante, partindo da complexidade maior do todo. É a chamada simetria de escala.

Um clássico exemplo da geometria fractal é o copo de neve de *Koch*. Ele é obtido ao inscrever-se repetidos triângulos dentro de um triângulo equilátero. As novas inscrições devem ser feitas dividindo os lados em três partes iguais e colocando um novo triângulo no terço central. Assim cada nova figura é mais complexa, mas todos os triângulos que a compõem são exatamente iguais ao original.

A revista *New Scientist* de 23 de agosto de 1997 publicou extensa reportagem sobre as diversas aplicações da teoria dos fractais, destacando sua utilização na agricultura:

> "Pesquisadores do estado de Maryland (EUA), especialistas em agricultura, afirmam que a melhor medida da qualidade do solo é dada pela chamada teoria dos fractais. Esta teoria mede a estrutura do solo, conseguindo quantificar as propriedades relevantes dessa estrutura complexa formada de grãos de terra e interstícios de ar. É dela que decorre a quantidade de água que o solo é capaz de reter e a quantidade de ar capaz de atingir as raízes das plantas."[103]

[103] *Op.cit.* www.intermega.globo.com/alternativa.

Com aplicações na agricultura, na meteorologia, na cardiometria, nos mercados financeiros e em outras tantas áreas, a teoria dos fractais revela uma complexidade que certamente também pode ser aplicada nas pesquisas sobre a identidade. Ainda mais quando inserida nos estudos sobre o discurso biográfico. Definir a identidade do biografado em explicações coerentes e totalizantes está definitivamente fora de propósito. Mas fraccionar essa identidade em múltiplas e similares identidades, em simetria de escala e recorrência de possíveis padrões, parece ser uma boa opção.

A identidade é descentrada e fragmentada. Tem lugar para contradições e esquizofrenias. Classe, gênero, sexualidade, etnia, nacionalidade, raça e outras tantas identificações formam uma estrutura complexa, instável e, muitas vezes, deslocada. Nas contradições e deslocamentos estão os fractais da identidade. Como na filosofia zen-budista, "tudo é um, um é nada, nada é tudo".

No livro *A identidade cultural na pós-modernidade*, Stuart Hall apresenta três concepções de identidade. A primeira relacionada ao sujeito do iluminismo, um indivíduo centrado, unificado e dotado de razão e consciência. A segunda relacionada ao sujeito sociológico, que ainda mantém um núcleo ou essência, mas cuja identidade é formada pela interação entre o "eu" e a sociedade. E a terceira relacionada ao sujeito pós-moderno, cuja identidade está em mutação. É exatamente este último que interessa ao autor.

Para Hall, "o sujeito previamente vivido como tendo uma identidade estável e unificada, está se tornando fragmentado; composto não de uma única, mas de várias identidades, algumas vezes contraditórias ou não resolvidas".[104] Ele pode assumir identidades diferentes em diferentes momentos e, obviamente, elas não estarão unificadas em torno do "eu"coerente. A segurança e a coerência de uma identidade plena é apenas uma fantasia.

Hall utiliza o conceito de deslocamento segundo Laclau[105], que considera uma estrutura deslocada aquela cujo centro é deslocado sem, no entanto, ser substituído por um outro, mas sim por uma pluralidade de centros de poder. É nesse sentido que a identidade está sendo deslocada ou "descentrada". E sem um centro estável, além da desarti-

---

[104] Hall, p. 12.

[105] Laclau, 1990.

culação da coerência do passado, há a possibilidade de novas articulações no presente. Ou seja, a criação de novas identidades.

Para exemplificar a descentralização da identidade, Hall cita a indicação do juiz Clarence Thomaz para a Suprema Corte americana, em 1991. "No julgamento do presidente Bush, os eleitores brancos, que poderiam ter preconceitos em relação a um juiz negro, provavelmente apoiariam Thomaz porque ele era conservador em termos da legislação de igualdade de direitos."[106] Fazendo o jogo das múltiplas identidades, o presidente americano garantiria a sua indicação.

Mas o que Bush não contava era com a acusação de assédio sexual ao juiz Thomaz. A partir daí, enquanto alguns negros passaram a apoiá-lo, baseados na questão da raça, outros se opuseram a ele, baseados na questão sexual. Para as mulheres negras, então, a questão passou a ser ainda mais complexa. Que identidade deveria prevalecer, negra ou mulher? Ou seja, solidarizar-se com a raça ou com o sexo? E ainda havia outras combinações, como homens negros liberais ou mulheres brancas conservadoras. Várias possibilidades de identificação para apenas uma situação.

Com esse exemplo, Hall quer mostrar que as identidades se cruzam ou se deslocam mutuamente, mas também quer dizer que não existe uma identidade mestra, que possa alinhavar todas as outras, independente da circunstância ou do momento. "Uma vez que a identidade muda de acordo com a forma como o sujeito é interpelado ou representado, a identificação não é automática, mas pode ser ganha ou perdida. Tornou-se politizada."[107]

Nos fractais biográficos, estas múltiplas identidades são visíveis. Em determinados momentos, prevalecerá a identidade relacionada à profissão, em outras a religião, depois a família, e assim por diante. Tudo vai depender dos deslocamentos do personagem pelo espaço social. Nas palavras de Bourdieu, "o sentido dos movimentos que conduzem de uma posição a outra evidentemente se define na relação objetiva entre o sentido e o valor, no momento considerado, dessas posições no espaço orientado".[108]

---

106 Hall, p.19.

107 *Ibidem*, p. 21.

108 Bourdieu, p. 190.

Para Bourdieu a nomeação tem a pretensão de garantir a constância nos diferentes campos sociais. É por isso que nos apresentamos como jornalista, professor ou outro epíteto qualquer. Mas as descrições só são válidas por limite de espaço. Em casa, diante de seu filho, o jornalista talvez seja apenas pai. Assim como o professor pode ser apenas o piadista da roda de amigos no bar da esquina. É assim que, na interpretação de Bourdieu, o escritor Marcel Proust apresenta seus personagens, sempre revelados como sujeitos fraccionados e múltiplos. As descrições só são válidas no limite de um espaço ou de um estágio. "Eis o que evoca o uso inabitual que Proust faz do nome próprio precedido do artigo definido – 'o Swann de Buckingham Palace', a 'Albertina de então', "a Albertina encapotada nos dias de chuva."[109]

Entretanto, os epítetos estão contidos uns nos outros. São auto-semelhantes como os fractais. Mesmo que um deles, em um determinado limite de espaço ou tempo, se inscreva como dominante, ainda assim não conseguirá evitar que os outros se manifestem. Em uma biografia construída sob este conceito, não há limite para o nível de complexidade que se manifesta nas teias de conexões entre os fractais. Ao dividir o texto em capítulos nominais, e inserindo nesses capítulos estórias que se refiram a eles, o biógrafo assume o seu papel de interpretador. Mas também reconhece que essas estórias encaixam-se apenas primariamente nos capítulos nominais, podendo estar também em outros capítulos, já que os fractais, apesar de independentes, são auto-semelhantes.

A própria nomeação dos capítulos não pode ser um limitador. No interior de um epíteto, conferido como valor de identidade, surgirão muitos outros, revelados pelas estórias contadas. Ou seja, o triângulo eqüilátero se divide infinitamente, não havendo limite para os fractais da identidade. A multiplicidade não é contida nem mesmo pela inscrição nas páginas, já que a multiplicação continua na interpretação do leitor.

A escolha dos epítetos também revela-se um fator complexo. Ao nominar as múltiplas identidades, mesmo que de forma primária e consciente das possibilidades de multiplicação das interpretações no interior dos capítulos, o biógrafo também define valores de identificação. Ao escolher nomes como *o judeu* e *o amante*, por exem-

[109] *Ibidem*, p. 187.

plo, é evidente a opção pela etnia e pelo sexo como referências, embora a organização fractal do texto distancie essa opção de uma visão totalizadora da identidade.

Na contemporaneidade, não é só o simulacro da monoidentidade que é patente. As categorias para a definição das múltiplas identidades também estão deslocadas. Modelos tradicionalmente vistos como indiscutíveis já não parecem tão plausíveis. Será que os indivíduos ainda se identificam por etnia, nacionalidade, religião ou sexo? Ou será que as metrópoles produzem novos modelos de identificação? Para Nestor Canclini, a visão da cidade é uma soma de fragmentos ligados à atomização dos indivíduos. E esses fragmentos são rebatizados a cada momento. Canclini cita como exemplo os bandos juvenis da Cidade do México, cujos nomes revelam novos e múltiplos modelos de identificação:

> "Sátiros, Ratos Punk, Meninos Idos, Bastardos e Funerais são alguns da Cidade do México. Os bandos juvenis, como o comércio informal e outros tipos de organização fractal, evidenciam a incapacidade das macropolíticas sociais e culturais em dar respostas totalizadoras. A desconfiança de amplos setores em relação a essas políticas e a multiplicidade irredutível de linguagens e estilos de vida, de estratégias de sobrevivência e de comunicação manifestam o modo como se decompõem as grandes cidades."[110]

A periferia, o gosto musical, a revolta e outros tantos modelos de identificação existentes nas grandes cidades contemplam novas formas de organização em grupos. Canclini cita ainda um estudo em Bogotá e São Paulo sobre o ponto de encontro dos habitantes. Enquanto os mais velhos preferem as igrejas, bares e praças, os mais novos optam pelos centros comercias e estações do metrô. Ou seja, lugares de circulação de bens e pessoas. Lugares de passagem e de consumo. Lugares sem história. Ou, o não lugar. Uma opção que "revela uma deslocalização das concentrações urbanas, uma diminuição (não um desaparecimento) do distintivo em benefício do desterritorializado e do des-historicizado."[111]

A complexidade de atribuir nomes aos modelos de identificação revela-se também nos próprios significados atribuídos às pala-

[110] Canclini, p. 130.

[111] *Ibidem*, p. 135.

vras. Como conclui Derrida[112], as palavras carregam ecos de outros significados. Tudo que dizemos tem sempre um antes e um depois. "Existem sempre significados suplementares sobre os quais não temos qualquer controle, que surgirão e subverterão nossas tentativas para criar mundos fixos e estáveis."[113]

No artigo *Ciências da Natureza e Jornalismo: algumas perspectivas recentes*, o professor Nilson Lage chama a atenção para a capacidade de uma coisa representar-se por dois signos diferentes, ou de um signo conter propriedades vagas ou contraditórias e, mesmo assim, continuar a ser utilizado. Para Lage, a possibilidade de linguagem existe a partir de signos de referência genérica, e eles são limitados, pois "não explicam como alguém repele o imperialismo e se entusiasma com a globalização; ou como um rapaz conta com a renda da mulher com quem vai se casar e, ao mesmo tempo, entende que a cozinha, a educação dos filhos e a gestão doméstica são problemas dela."[114]

Além da Teoria dos Fractais, Lage utiliza a Teoria das Catástrofes, de René Thom, e a Teoria dos Modelos Mentais, de Johnson Phillip-Laird, para estudar os processos de produção e fruição da informação jornalística. Ele conclui, entre outras coisas, que só o descontínuo torna a realidade notável, já que a mente dos homens registra como curvas notáveis as descontinuidades do mundo ao redor. Também diz que as palavras só têm significado no interior de seu próprio sistema de referências e na adequação ao universo de fenômenos aos quais se reporta. Mas alerta para o equívoco de utilizar essas conclusões para justificar posições relativistas.

O que parece emergir da lição do professor Lage é, mais uma vez, a responsabilidade do produtor do discurso pela escolha de seus sistemas de referência, mesmo que ele tenha consciência da complexidade do palco contemporâneo. Ou melhor, sendo a complexidade o seu próprio sistema de referências.

Em suma, a opção por uma biografia a partir de pressupostos da teoria dos fractais está diretamente ligada à impossibilidade de reconstruir a identidade como um processo baseado em unidades está-

---

[112] *A escritura e a diferença*. Ed. Perspectiva. 1995.

[113] Hall, p. 41.

[114] Lage, p. 5.

veis e coerentes. Nas palavras de Merlau-Ponty, "em cada estágio de nossas vidas somos pessoas separadas que, acidentalmente, habitam o mesmo corpo e cujos vários 'eus' distintos tornam-se retrospectivamente entrelaçados por meio de uma falsa narrativa biográfica".[115]

Como afirma R. D. Laing, "a humanidade é uma miríade de superfícies refratoras colorindo o branco resplendor da eternidade. Cada superfície refrata a refração das refrações das refrações".[116] E ainda há a visão do outro sobre o eu, e a conseqüente reconstrução desse mesmo eu, que passa a compor metaperspectivas, misturando a visão que tem de si com a visão que imagina que os outros têm dele. Uma eterna construção e reconstrução mútua de reciprocidades identitárias.

Para Peter Berger, "temos tantas vidas quanto pontos de vista".[117] E os próprios pontos de vista sofrem mutações, estando inscritos em mobilidades crescentes. As identidades são maleáveis e carregam consigo a possibilidade de alternar sistemas de significados. É neste contexto que Berger propõe o conceito de "alternação", que é "a percepção de si mesmo diante de uma sucessão infinita de espelhos, cada uma dos quais transformando a imagem numa diferente conversão potencial".[118]

As identidades articulam-se em redes flexíveis e inesgotáveis, atravessando estruturas de linguagem, referências, virtualidades e até espaços vazios, como as porosidades de Mandelbrot. Sem falar nas identidades moldadas pelas imagens midiáticas, que fornecem modelos e ideais de consumo. Em torno de toda esta paisagem complexa, ao trabalhar com múltiplas identidades inscritas em um nome próprio, a biografia só pode ser "uma reunião de fragmentos a serem dotados de sentido e que elaborarão uma imagem abrangente sobre quem foi aquele sujeito".[119]

[115] Citado por Featherstone, p.89.

[116] Laing, p.11.

[117] Berger, p. 68.

[118] *Ibidem*, p. 75.

[119] Rondelli, p. 206.

VII
Tecnologias e fantasias

"em algum lugar onde nunca estive, e felizmente aquém
de qualquer experiência, teus olhos guardam seu silêncio:
em teu gesto mais frágil há coisas que me envolvem
ou que não posso tocar porque estão muito próximas"

e.e.cumings (*em algum lugar onde nunca estive*)

Os sistemas de simbolização da narrativa mítica grega podem ser divididos sob os signos da caça, onde há o domínio do espaço; do cultivo, onde há o domínio do tempo; e dos metais, onde o homem se coloca no lugar do próprio tempo, já que perante a imagem de que os metais germinam no interior da terra, como num grande útero, se sobrepõe o homem como acelerador deste processo.

Com a emergência da sacralidade telúrica ao lado da celeste, quem vai emblematizar essa última idade simbólica será Hefestos, o deus artesão, o deus da técnica, cuja etimologia se transcreve por *água que queima*. Habilidoso e requintado, terá como principal atributo o dom de ligar e desligar, de atar e desatar, e será o paradigma divino do *complexio oppositorum,* encontrado também nos heróis. O Deus da ambigüidade é quem ata Prometeu à coluna e também consola-o; tem grande habilidade, mas é coxo; é o mais feio e repelente dos deuses, porém casado com a mais bela do Olimpo, Afrodite, que lhe trai com o pernicioso Ares, seu companheiro na *Ilíada*.

São quatro suas principais criações: o trono de ouro para sua mãe, Hera; Pandora, o instrumento de punição para os homens; a rede mágica, onde vai prender os adúlteros Ares e Afrodite; e a famosa armadura de Aquiles, que fez do melhor dos aqueus o portador do fogo de Hefestos.

Depois da briga com Agamêmnon pela escrava Briseida, que acontece no primeiro canto da *Ilíada*, Aquiles, aviltado em sua honra (*timé*, para os gregos), se retira do campo de batalha, só retornando no décimo oitavo canto, sob o pretexto da morte de Pátroclo, seu melhor amigo. O afastamento serve de tempo ritual para que se prepare o retorno do herói, que pede à mãe uma nova armadura, pois a sua tombara junto com o amigo. Tétis, então, se dirige a Hefestos, que confecciona a famosa peça.

É interessante notar as ligações entre Deus e herói. Aquiles gravita na órbita simbólica de Hefestos, ambas as figuras sendo marcadas pela marginalidade. À areté (excelência) do primeiro corresponde a *tekhné*, a habilidade artesanal, do segundo. Hefestos é um Deus coxo e o único que tem ofício no Olimpo.

A armadura é o que torna possível a volta de Aquiles. Não só para a defesa do herói, mas, principalmente, como instrumento de sua glorificação. Hefestos assume o papel de seu paraninfo para que ele possa se tornar o melhor dos aqueus. No gigantesco escudo, confeccionado com uma liga de vários metais nobres, ele imprimirá doze figuras de representação da civilização grega.

Desta forma, Aquiles será o representante de todos aqueles valores culturais e civilizacionais inscritos no escudo, cuja técnica usada para forjá-lo torna-o quase indestrutível. Ele carrega todos os motivos da cultura aquéia segundo a representação criada por Hefestos: a genealogia cósmica, a agricultura, a pecuária, a vidicultura, o casamento, a guerra, os cultos, a vida palaciana, etc. A cultura está escudando o herói, que, desta forma, não volta sozinho ao campo de batalha.

É interessante notar como o grande herói grego entrega sua vida ao Deus da técnica. É ela que marcará sua triunfante volta ao campo de batalha e o protegerá dos perigos da guerra. Ao mesmo tempo, entretanto, a narrativa mitológica alerta que o Deus é coxo, ambíguo. Sua técnica gera beleza, mas sua própria aparência é horripilante. Ele não consegue usar a habilidade para mudar a si mesmo, ou seja, apesar de dominar a tecnologia, a natureza ainda continuará impondo-lhe limites.

Se, conforme ensina Junito Brandão, o mito "expressa o mundo e a realidade humana, cuja essência é uma realidade coletiva, que chegou até nós através de várias gerações",[120] então o alerta sobre a

[120] Brandão, p. 36.

ambigüidade da tecnologia demonstra ter raiz arquetípica. E o arquétipo, etimologicamente, pode ser traduzido como um modelo primitivo, o que, segundo Jung, constitui o conteúdo do inconsciente coletivo, a herança das vivências anteriores. Mas não queremos enveredar por estes conceitos.

Apenas queremos deixar registrado que entender o mito também significa entender-se, ou seja, participar da teia de significações que, em última instância, constitui o que chamamos de realidade. Pois ela, a realidade, nunca é unicamente (ou majoritariamente) racional. É preciso fazer a equivalência conceitual que se expressa através do símbolo, reconhecer a linguagem, estar atento às imagens, enfim, nas palavras de Goethe, "entender as relações permanentes da vida", "pois os símbolos da mitologia não são fabricados; não podem ser ordenados, inventados ou permanentemente suprimidos. Esses símbolos são produções espontâneas da psique: cada um deles traz em si, intacto, o poder criador de sua fonte".[121]

Mais do que a longa trajetória que os mitos da tecnologia percorrem na cultura ocidental, o que queremos demonstrar com essa digressão é a persistência de símbolos e discursos referentes à precaução e ao cuidado com as potencialidades da tecnologia na imaginação ocidental. Alertas que parecem ter sido esquecidos pelos tecnófilos contemporâneos, imersos que estão em fantasias de dominação total da natureza e superação da condição humana, cujo corpo consideram obsoleto.

Para utilizar a internet e produzir uma biografia interativa, antes é preciso discutir algumas das representações a respeito da subjetividade no âmbito da cibercultura e, principalmente, suas conseqüências nas formas de socialização e apreensão da realidade na contemporaneidade. As figurações dessa subjetividade no imaginário das novas tecnologias apontam para um modelo de sujeito sem limites ou fronteiras, como vimos no capítulo anterior. Entretanto, também é possível partir da hipótese de que esse modelo em realidade pode ser compreendido como sintoma da crise gerada pela multiplicação das possibilidades de significação pelo sujeito. Atônito diante da falta de referências desta multiplicação de possibilidades e da própria reordenação espacial e temporal do mundo, há um indiví-

[121] *Apud* Campbell, p. 15.

duo que chamo de náufrago da polissemia, ou seja, sob a metáfora dos mares polissêmicos, na verdade naufraga um sujeito incapaz de dar conta dessas múltiplas significações.

A tecnociência contemporânea, em seu impulso fáustico[122], tem ambições gnósticas no sentido em que se aproxima de uma forma de culto religioso da tecnologia. Mas, para isso, precisa produzir imagens e discursos que corroborem sua estratégia e formem um impulso mental dirigido às fantasias que povoam o imaginário tecnológico, conforme sugerido por Lucien Sfez e desenvolvido por Erick Felinto:

> "No caso das novas tecnologias, o vôo da imaginação tem alcançado alturas estratosféricas. (...) Seu sentido de novidade radical faz parte das imagens construídas ao redor delas. (...) Associadas ao absolutamente novo, fantasias ancestrais funcionam como muletas para a aceitação daquilo que aparentaria ser inteiramente incompreensível para nossas limitadas mentes, ao mesmo tempo em que ampliam o poder e fascínio das novas tecnologias."[123]

No interior das discussões sobre as subjetividades digitais, devemos, pelo menos, abordar duas das fantasias mais presentes no que poderíamos chamar de sujeito da tecnologia (o desejo de transcendência ligado ao tema do pós-humano e a supressão de qualquer limite para o exercício da sociabilidade possibilitada pelas identidades descentradas) e propor uma reflexão crítica sobre seus desdobramentos. Entre eles, aquele que me parece o mais grave: o anseio de uma nova totalidade que pretende exercer o controle ilimitado sobre a vida humana, transcendendo, inclusive, a própria morte.

A tecnologia é ambígua e limitada. Uma de suas representações mitológicas mais significativas refere-se a um Deus coxo, e nossa hipótese leva em conta essa imagem. O alerta sobre os perigosos desdobramentos de suas fantasias está presente na cultura ocidental há muito tempo, mas é preciso resgatá-lo. Não se trata apenas de apontar os delírios utópicos dos tecnófilos, mas de refletir sobre suas conseqüências. Por outro lado, também não desejo enveredar pelo caminho tecnófobo. Muitas análises sobre a cibercultura já partem

---

[122] Conforme a diferenciação descrita pelo sociólogo Hermínio Martins, que será abordada ao longo deste trabalho, a visão prometéica da técnica está vinculada a uma racionalidade cujo objetivo poderia levar a uma tentativa de aliviar a miserável condição humana, enquanto a visão fáustica desvincula-se do humano e baseia-se na prioridade ontológica da técnica sobre a ciência.

[123] Felinto, p. 2.

de princípios apocalípticos e referem-se apenas a possibilidades fáusticas e conclusões negativas. Mas é preciso admitir que determinadas abordagens do fenômeno tecnológico podem ainda revelar potencialidades que se aproximem mais de uma visão prometeica do domínio técnico, embora a opção pelo ceticismo seja imprescindível para manter a distância analítica.

A tecnologia é coxa. Manca da perna esquerda, mas caminha muito bem com a direita. Talvez seja esse o problema.

Na realidade, o desejo de dominar a natureza sempre escondeu a verdadeira obsessão do homem: dominar o caos, ou, em outras palavras, ter previsões seguras que evitassem a instabilidade do desconhecido. Para isso, ele inventou a ciência e tratou logo de criar leis deterministas que dessem estabilidade aos fenômenos naturais. A física de Aristóteles, a mecânica de Newton ou a abóboda de Ptolomeu tinham a função primordial de ordenar os acontecimentos da natureza, explicando suas origens e tentando prever seus movimentos.

Mas a natureza não se mostrou tão previsível. Conforme mostramos no capítulo anterior, nas últimas décadas, a instabilidade quântica e a teoria do caos vêm ganhando espaço nos estudos das chamadas ciências da complexidade. Para isso o conceito de caos não é mais associado à ausência de ordem, e sim a sistemas dinâmicos e complexos de informação. A imprevisibilidade está presente nestes sistemas, já que eles podem variar de forma aleatória no decorrer do tempo, mas sua utilização avaliza a nova obsessão do homem: o que se quer não é mais dominar a natureza, e sim superá-la. Ou (por que não?) recriá-la.[124]

A pretensão de uma racionalidade absoluta, que se revelou tão perigosa a ponto de fundamentar idéias totalitárias, deu lugar à fantasia tecnognóstica, cuja repugnância pelo corpo motivou o devaneio utópico de engendrar novas formas de vida. Ao enquadrar o caos em um conjunto de sistemas, mesmo que dinâmicos e complexos, o homem tem mais do que a ilusão de controlá-lo: ele agora acredita que pode criá-lo e recriá-lo. Não há outra expressão para definir esta fantasia além do velho complexo de divindade. A contemporânea adoração da tecnologia, em um desejo de transcendência que une ciência e religião, faz com que esse homem acredite que é o próprio Deus.

[124] Idéia que desenvolvi em trabalho apresentado no GT de Comunicação e Cultura da Compós em 2003, sob o título *Biografias em fractais: múltiplas identidades em redes flexíveis e inesgotáveis.*

Mas esse anseio de divindade não é para qualquer um. Conforme estabelece o conceito de *gnosis*, é preciso ter o conhecimento secreto para pertencer ao seleto grupo. É preciso estar inserido nesta casta tecnológica que controla os caminhos da transcendência espiritual por meio do progresso científico. Em outras palavras, o pensamento tecnognóstico forma o que David Noble[125] chama de visão elitista da ciência, ou seja, uma visão cuja exclusão social parece ser a premissa básica de suas fantasias.

Nessa visão, a referência à condição humana foi ultrapassada, como alerta o sociólogo português Hermínio Martins:

> "As biotecnologias não buscam meramente facultar melhoramentos cosméticos e mais próteses para organismos humanos e não-humanos, mas criar novas formas de vida. (...) A atual agenda biotecnológica também inclui a criação de formas de vida mistas, biológicas e mecânicas, aproximando a criação de computadores humanos (utilizando chips biológicos em vez de micropastilhas de sílica)."[126]

A crítica de Hermínio a esta visão fáustica da técnica, cujos objetivos estão desvinculados do humano, refere-se fundamentalmente a suas ligações com o acúmulo de capital. Em oposição a uma visão prometéica, cuja crença na racionalidade poderia levar a uma tentativa de aliviar a miserável condição humana, a visão fáustica tem como paradigma a prioridade ontológica da técnica sobre a ciência, sem nenhuma preocupação com o humano. É o que ele chama de tirania das possibilidades tecnológicas. Uma tirania a que devemos resistir através "da imaginação moral e da coragem civil de superior ordem".[127]

Mas essa resistência deve dedicar atenção especial ao campo dos discursos e das imagens, ou seja, à construção do imaginário. É nesta parte da crítica de Martins que queremos nos fixar. Embora a divisão entre impulsos fáusticos e prometéicos já tenha sido amplamente discutida, a abordagem de Hermínio sobre os sonhos e fantasias presentes na ficção científica ainda carece de estudos.[128] Mais particularmente seu diálogo com Donna Haraway:

---

[125] *The religion of technology*. London. Penguin Books. 1999.

[126] Martins, p. 188.

[127] *Idem*, p. 245.

[128] E aqui vamos nos ater apenas às suas críticas sobre a ontologia gnóstica de cancelamento de todos os dualismos.

> "A criação de vida artificial mista e tecnoformas que emulam a mente têm, talvez surpreendentemente, sido bem recebidas e elogiadas pela ficção científica e por alguma filosofia feminista. As emoções ontológicas induzidas pela transgressão das espécies e das fronteiras categoriais é (sic) aí geralmente entendida como suporte para o desejo feminista de esbater os sexos, os gêneros e os geradores."[129]

As críticas de Hermínio têm endereço certo: o clássico texto *Manifesto Ciborgue*,[130] de Donna Haraway, onde ela defende que já somos todos ciborgues, pois fazemos uso de próteses tecnológicas, entendendo-se como prótese até mesmo uma simples vacina contra a gripe. Para Haraway, o ciborgue não é apenas uma figura de ficção científica ou uma realidade futura, mas sim um símbolo da nova identidade tecnológica. Nesse sentido, ela pretende romper com as tradicionais distinções binárias do ocidente, como as dicotomias masculino/feminino, branco/negro e espírito/corpo, entre outras. Para ela, este rompimento é libertário, já que seu texto é exatamente o que o nome propõe, um manifesto, ou seja, um panfleto político feminista que defende a utilização da noção de ciborgue para pensar uma subjetividade livre das amarras totalitárias do "falogocentrismo" ocidental.

Para Martins, o igualitarismo e a desconfiança por polaridades assimétricas, como a masculino/feminino por exemplo, não requerem uma ontologia gnóstica de cancelamento de todos os dualismos. Nessa linha, a proposta de Haraway está mais para uma fantasia ou sonho: "não parece claro que o igualitarismo moral implique necessariamente a abolição de todas as separações ontológicas: esse, é claro, era o sonho gnóstico de transcender a diáspora dos seres".[131]

Na visão tecnológica contemporânea, a fantasia de abolição das dicotomias também encontra eco na crença de que o conceito de informação é mais importante do que a idéia de materialidade. A partir daí, por exemplo, o par essência/aparência estaria definitivamente obsoleto, se considerada a fantástica velocidade dos fluxos de informação transmitidos em tempo real. No mesmo raciocínio, desbancaríamos a dicotomia original/réplica, natural/artificial, e outras tantas, até chegar ao humano/não-humano, e, porque não dizer, ao eu/outro. Ou

[129] *Idem*, p. 190.

[130] IN: SILVA, Tomaz Tadeu da (org). *Antropologia do ciborgue*. BH. Ed. Autêntica. 2000.

[131] *Ibidem*, p. 191.

seja, o desejo de transcender a "diáspora dos seres", conforme a já citada proposição de Martins, leva-nos a refletir se essa suposta idéia igualitária não esconderia um anseio de totalidade.

Para Katherine Hayles,[132] a argumentação de que o conceito de informação supera a materialidade produz fantasias de corpos digitais, desmaterializados. Tais corpos poderiam tomar a forma de ciborgues, cujas subjetividades nada mais seriam do que puros padrões de informação. Entretanto, a própria Hayles defende a idéia de que o suporte material é também fator determinante na natureza da informação. Só que os sonhos gnósticos desejam até a conversão do não-informacional em informação desmaterializada, em um claro impulso de se aproximar da metafísica neoplatônica da luz, o que, segundo Martins, seria "o momento de consumação do progresso tecnológico".[133]

Chegaríamos então ao verdadeiro ápice da fantasia pós-humana, pois se podemos conceber a nós mesmos como padrões de informação, basta descobrir uma maneira de armazenar estes dados para alcançar a imortalidade. A tecnofania declara o fim da morte (e, portanto, da vida e de sua escrita: a biografia) e a libertação dos limites do corpo, este obsoleto pedaço de museu. "É um desejo de totalidade, oculto no ideal de unidade absoluta", conforme observa Erick Felinto.[134]

Mas, sendo ou não fantasia, esse desejo traz consigo toda a ontologia do impulso fáustico descrito por Hermínio Martins. O anseio pós-humano pode levar a uma realidade subumana e, pior ainda, a uma realidade cientificamente justificada. Como muito bem nos lembra Paula Sibilia em sua dissertação de mestrado, da mesma forma que "as doutrinas e práticas eugênicas explicavam cientificamente o racismo algumas décadas atrás, agora surgem outras formas igualmente 'legítimas' de discriminação categórica".[135] Em uma de suas linguagens de representação mais clássicas da fantasia, o cinema, o homem é capaz de reproduzir essas formas com assustadora competência, como é o caso do filme Gattaca, cujo enredo traz a idéia de que os cidadãos não projetados geneticamente são considerados inválidos.

[132] *How we became posthuman*. Chicago. University of Chicago Press. 1999.

[133] Martins, p. 181.

[134] Felinto, p. 8.

[135] Sibilia, p. 201.

O projeto fáustico é bem exemplificado neste filme. A inferioridade é cientificamente justificada e o planejamento genético dá origem a uma casta superior e uniforme. É, mais uma vez, o ideal de unidade absoluta confirmando o anseio de totalidade.

A atemporalidade e a imaterialidade presentes nos fluxos de informação que formam o ciberespaço permitem a realização de desejos de forma virtual, em um verdadeiro laboratório existencial, liberto de qualquer tipo de obstrução. Parece o fim dos limites impostos ao humano pelo corpo. Um deficiente físico pode correr a maratona, um sujeito com acrofobia pode pilotar um avião, homens podem ser mulheres e vice-versa, em um exercício lúdico de todas as possibilidades que possam se apresentar.

É a multiplicação/descentramento das identidades. A experiência da liberdade para a(s) subjetividade(s) contemporânea(s). Idéia defendida por teóricos como Sherry Turkle, por exemplo, para quem o sujeito na rede pode ser múltiplo, maleável e mutável. Em sua análise, Turkle chega a afirmar que as novas tecnologias constituem uma confirmação pragmática das teorias pós-modernas sobre o sujeito, elaboradas por teóricos franceses que foram seus professores: "*Más de veinte años después de haberme encontrado con las ideas de Lacan, Foucault, Deleuze e Guattari, las reencuentro em mi nueva vida en los mundos mediados por ordenador.*"[136] Idéias que, segundo ela, a haviam intrigado e confundido durante seu crescimento intelectual, mas que agora se apresentam de forma clara e direta: "*En los MUD, uno puede ser mucha gente y mucha gente puede ser uno.*"[137]

Só que nem tudo é tão claro e direto assim. As fantasias inerentes a estas promessas da tecnologia não levam em conta, pelo menos, dois aspectos básicos. O primeiro é que as tais capacidades ilimitadas do sujeito em rede se esvaem diante da vasta dimensão do ciberespaço e de seu excesso de informações, que impõem a necessidade de agentes para que a navegação prossiga. Em outras palavras, há limites, como argumentam Fernanda Bruno e Paulo Vaz: "Para que essa massa de informações se aproxime ou seja apreendida por nossas medidas humanas, é preciso que partilhemos nossas atividades de navegação, busca e seleção das informações com os diversos dispositivos técnicos que habitam a rede."[138]

[136] Turkle, p. 23.

[137] *Idem.*

[138] Vaz e Bruno, p. 26.

E além dos limites de nossa capacidade cognitiva, há outro aspecto a ser considerado para a crítica das múltiplas identidades: o possível fortalecimento de uma identidade mestra no usuário da rede, em moldes mais próximos à abordagem racional do sujeito do iluminismo, potencializada como resposta às facilidades de multiplicação das subjetividades no ambiente tecnológico e como busca de um porto seguro diante da instabilidade que essa multiplicação provoca. É nesse aspecto que quero me fixar, principalmente porque ele talvez reflita o mesmo desdobramento enfocado no item anterior: a produção de uma nova totalidade.

Não parece difícil concordar com a idéia de que, no ciberespaço, é possível assumir as mais variadas identidades: sexuais, religiosas, ideológicas, etc. Na verdade, essas diferenças deixam de existir, pois não determinam as relações. Uma utopia igualitária viabilizada por uma suposta democracia digital. Mas essa completa indistinção já é, ela própria, uma proposta totalizadora. Além disso, um dos aspectos multiplicadores dessas possibilidades identitárias é a idéia de que o anonimato diminui o potencial segregador e as inibições. E ela não trata apenas da possibilidade de, em um mesmo chat, estarem presentes um padre e um cafetão, por exemplo. O anonimato vai além, funcionando como libertador dos padrões morais, políticos e, principalmente, estéticos da sociedade de consumo contemporânea. Como afirma Margaret Wertheim, "um dos atrativos do ciberespaço é precisamente o alívio do inexorável escrutínio físico que se tornou uma marca registrada da vida nos EUA de hoje".[139] (Não só nos EUA.)

O fato é que, na comunicação mediada por computador, o reconhecimento de uma (ou mais) identidade(s) no outro parece ser conseqüência da comunicação, "ao contrário da comunicação tradicional, em que a identidade é a base sobre a qual se dá o processo comunicativo",[140] conforme conclui Márcio Gonçalves. Em um trabalho sobre o amor virtual,[141] Márcio defende que os relacionamentos virtuais podem ser relacionamentos efetivamente plenos, sem a necessidade do "real físico". E ainda há a vantagem da liberação das fantasias produzidas pelo anonimato, além da descoberta de possibilidades que seriam inibidas em um relacionamento tradicional. Márcio

[139] Wertheim, p.19.

[140] Gonçalves, p.3.

[141] Apresentado no GT Sociedade Tecnológica da Compós em 2001.

refuta a idéia de que há fuga da realidade e ilusão de proximidade neste tipo de relação, argumentando que as "relações presenciais" sempre foram virtuais, construídas a partir de imagens sobre o outro, e que a chamada presença pode revelar uma verdadeira ausência, caracterizada, na fluidez da pós-modernidade, pelo desejo de relação sem a disposição do compromisso.

Se partirmos ainda para interpretações cognitivistas da cibercultura, é possível pensar o próprio hipertexto como um dispositivo produtor de subjetividades. Experiências de descentramento semântico e quebras da cadeia significado/significante, viabilizadas pela estrutura fluida da rede, envolvem o que Landow[142] chama de *wreader*, uma junção das palavras inglesas *reader* e *writer*, que significam leitor e escritor. O pesquisador Vinícius Pereira usa o termo "lecritor" para pensar esse envolvimento em processos de multilinearidades, multivocalidades e interatividade. E mesmo admitindo que "não há nada de novo sob o sol"[143] da hipertextualidade no que se refere a esses processos, já que o leitor sempre produziu sentidos no texto lido e a multilinearidade já estaria presente nos textos ficcionais de autores como Cortazar e Borges, o professor Vinícius ressalta os efeitos cognitivos do hipertexto na cultura, ao fazer "emergir mares polissêmicos nos quais a produção de significados não encontra esteio na lógica ocidental atrelada ao uno, ao idêntico, ao categorizado, ao não contraditório".[144]

Pois é justamente aí que reside parte do problema. O sujeito da contemporaneidade pode se afogar nesses mares polissêmicos. E o medo do afogamento, gerado pelas mudanças aceleradas e a dissolução de certezas e referenciais, produz uma tentativa desesperada de encontrar alguma estabilidade diante da reordenação espacial e temporal do mundo. É nesse sentido que podemos estar diante de um movimento contrário ao descentramento identitário, no qual o eu correspondente ao sujeito da consciência concebido pela filosofia moderna seja usado como bote salva-vidas pelos náufragos da polissemia. Por isso, também é preciso cuidado ao usar o modelo dos fractais para a construção de uma biografia. Apesar de o descentramento ser melhor do que a narrativa diacrônica, é preciso relativizá-lo, principalmente na

[142] Landow, p.31.

[143] Pereira, p.14.

[144] *Ibidem*, p. 16.

abordagem sobre a internet, como defende o professor Francisco Rüdiger, em artigo sobre subjetividade e novas tecnologias[145]:

> "A revisão da literatura em que essas teses (do descentramento da identidade) pretendem encontrar suporte empírico e a reflexão crítica sobre suas premissas teóricas fornecem-nos, segundo nosso modo de ver, elementos para não somente problematizar essa idéia de que a pluralização dos contextos de vida, hoje em dia, resulta na supressão da noção convencional do eu, como ir além: permite-nos pensar se o que ocorre não é antes, o oposto."[146]

O oposto a que se refere Rüdiger é exatamente o fortalecimento desse sujeito da consciência concebido pelo pensamento moderno. Um sujeito que busca a estabilidade em uma identidade coerente e unificada, como resposta à polissemia do descentramento identitário e da própria teia de conexões da contemporaneidade. Um sujeito que pode acabar se guetificando e, novamente, produzindo totalidades. Talvez seja por isso que, apesar das apostas libertárias da rede e de suas fantasias de democracia e igualdade, nunca se tenha visto tanto fundamentalismo no interior da própria rede. Ao mesmo tempo que ela promove grupos de afinidade, esses próprios grupos promovem o seu fechamento, em um movimento aparentemente paradoxal, mas que revela a motivação segmentária de seus integrantes.[147]

A sociedade moderna viveu em seu cerne a associação vital da racionalidade com a dominação. Os delirantes cientificistas assassinaram Heráclito e estabeleceram a concepção do real como ser estável, uma realidade organizada e conhecida. Pararam as águas do rio para o banho de um homem racional, habitante do mundo como ser constituído pelo domínio da natureza, reduzido a uma palavra: a tecnologia. O homem moderno quis conhecer para dominar, porém, a razão instrumental deveria estar submetida à razão crítica, e esta permaneceu apenas no plano do discurso, com pouca interferência efetiva sobre o mundo da práxis.

---

[145] "Sociabilidade virtual, subjetivismo moderno e informática." IN: RÜDIGER, F. *Capítulos de arqueologia espiritual pós-moderna.* Ed@. Porto Alegre. 2002.

[146] Rudiger, p. 108.

[147] A mesma motivação segmentária e localizada que produz grupos de discussão sobre os assuntos mais fechados e limitados, no entanto, é capaz de unir esses mesmos grupos em causas profundamente globalizadas, como a batalha de Seatlle e o movimento zapatista, por exemplo.

A intolerância passou a ser signo dominante. Relógios de ponto e linhas de montagem sustentaram o mito do progresso indefinido. Sociedades fora desta lógica foram tratadas a ferro e fogo, produzindo exemplos aterrorizantes de totalitarismo. Mas eles não serviram de alerta para a tecnocultura contemporânea, que parece enveredar pelo mesmo caminho. Só que agora não basta dominar, é preciso transcender.

A lógica fáustica, desumanizada e controladora, prevalece neste impulso transcendente do capitalismo tardio, que é muito mais requintado em sua estratégia. Relógios de ponto não são mais necessários. O produtor disciplinado foi substituído pelo consumidor controlado, cujo perfil está em algum banco de dados que, por sua vez, também é um produto à venda.

Mas para que a estratégia funcione também é preciso vender fantasias sobre as possibilidades abertas pela dissolução de limites presentes na fragmentação das identidades. Fantasias gnósticas de superação do corpo e exercício lúdico das infinitas potencialidades da cibercultura. Fantasias de democratização das relações pessoais que escondem um ideal de unidade absoluta, cujo anseio de totalidade pode ser detectado a partir de uma perspectiva crítica.

Na outra mão desse movimento, também há um indivíduo atônito diante do ritmo alucinante da contemporaneidade, com suas mudanças aceleradas e decomposição de certezas e referenciais. Um indivíduo que tenta desesperadamente encontrar alguma estabilidade diante da reordenação espacial e temporal do mundo. Um náufrago da polissemia do ciberespaço, tentando sobreviver em pequenos botes de coerência representados pela suposta unicidade do sujeito da consciência concebido pelo racionalismo moderno, o que pode representar uma outra maneira de também produzir totalidades.

Como no mito de Hefestos, há uma perna coxa na tecnologia. A rede de bits e bytes da contemporaneidade pode até ser um meio privilegiado para exprimir potências de ação de entidades civis organizadas, como as manifestações de Gênova e Seatlle, por exemplo, e sua polissemia talvez seja responsável pelo esmaecimento da rigidez das subjetividades ligadas à sociedade disciplinar. Mas esta parece ser a perna que manca. Há uma outra muito mais forte e determinada, e ela sustenta a dependência ontológica da ciência com relação à técnica, produzindo um impulso desumanizador e totalitário.

O recém-falecido Karel Kosik identificou a época em que vivemos com a figura de Grete Samsa, irmã do personagem principal de *A Metamorfose* (1911) de Kafka, já que ela representa a visão desumanizada sobre o outro. Grete nega a humanidade do irmão ao dispensar o sepultamento e encarregar a empregada de varrê-lo, em um movimento diametralmente oposto à atitude de Antígona na tragédia grega. Para o autor, esta é uma ilustração clara de que, nas relações metamorfoseadas do cotidiano, o grotesco substitui o trágico. Se nem a morte tem a capacidade para arrancar os homens da banalidade e da superficialidade, Kosik pergunta se esta mesquinharia teria sepultado definitivamente a possibilidade do trágico e decretado a vitória da anti-Antígona: "Quem poderia enfrentar a poderosa Grete Samsa, contrapondo-se a ela como uma Antígona moderna?" [148]

Se o deus é coxo e o homem naufragou na polissemia, talvez seja tarefa para um ciborgue.[149]

Mas quem escreverá a biografia dele?

---

[148] Kosik, p.16.

[149] Com esta ironia, quero apenas confirmar meu ceticismo e, provavelmente, o do próprio Karel Kosik.

VIII
Inconclusão

"Quanto tempo duram as obras?
Tanto quanto ainda não estão completas.
Pois enquanto exigem trabalho, não entram em decadência."
Bertold Brechet (*Sobre a maneira de construir obras duradouras*)

A verdade é um mosaico. Fala por mil vozes. Tem mil faces. É interpretada, construída e reconstruída. Está inserida em uma teia de conexões e complexas estruturas. E até as simplificações, paradoxalmente, confirmam a complexidade. Como a frase de Mário Quintana: "A mentira é uma verdade que esqueceu de acontecer."

Qualquer reflexão crítica contemporânea tem que levar em conta essas considerações. Não há mais lugar para discursos totalizantes ou verdades absolutas. Nem para teorias messiânicas, que ignorem os conceitos de indeterminação, complementaridade e tolerância às ambigüidades. Não há mais lugar para a arrogância.

Foi com esse espírito que apresentei as páginas anteriores. Elas são o produto de minhas dúvidas e inquietações. Não querem convencer ou ilustrar, mas apenas levantar discussões. Como conclusão, além das reflexões levantadas aqui, deixo uma opção de metodologia para jornalistas, historiadores e outros biógrafos da atualidade: **a biografia sem fim**, uma estrutura narrativa sem preocupação cronológica, interativa e dividida em fractais.

A idéia é organizar uma biografia em capítulos nominais (fractais) que reflitam as múltiplas identidades do personagem (o judeu, o gráfico, o pai, o patrão, etc.). No interior de cada capítulo, o biógrafo relaciona pequenas estórias/fractais fora da ordem diacrônica.

Sem começo, meio e fim, o leitor pode começar o texto de qualquer página. Cada fractal traz nas notas de rodapé a referência de sua fonte, mas não há nenhum cruzamento de dados para uma suposta verificação de veracidade, pois isto inviabilizaria o próprio compromisso epistemológico da metodologia. Quando a mesma estória é contada de maneira diferente por duas fontes, a opção é registrar as duas versões, destacando a autoria de cada uma delas.

A interatividade pode ser conseguida ao lançar a obra junto com um site em que qualquer leitor possa contar sua própria estória sobre o personagem para ser publicada na edição seguinte. Ou seja, o leitor é co-autor e o biógrafo apenas um mediador, aquele responsável pela reconstrução das estórias dos outros. Enfim, uma função realmente coerente com o seu ofício.

Como aplicação e exemplo desta teoria, realizei trabalho de campo e elaborei uma biografia em fractais de Adolpho Bloch, dono da revista e da *TV Manchete*, que morreu em 1995. O texto está dividido em 19 grandes fractais/capítulos. Cada um deles contém outros pequenos fractais/estórias que tomam o maior como referência, num total de 158 abordagens sobre o personagem.

Os capítulos sobre a vida de Bloch foram escritos fora de ordem cronológica e referem-se a características centrais do indivíduo, com o propósito de abordar as múltiplas e complexas identidades do biografado. Dessa forma, um capítulo conta estórias sobre o judeu, outro sobre o empresário, outro sobre o editor, e assim por diante. Cada estória traz a referência de sua fonte, seja ela um livro, um amigo de Adolpho, um arquivo ou, simplesmente, um leitor.

Ao construir uma biografia de um indivíduo tão complexo (se é que existe alguém que não seja) como Adolpho Bloch, fundador de um império de comunicações e de dezenas de outros empreendimentos, a análise totalizadora já seria, por si própria, ineficiente. A elaboração de uma biografia em fractais não só confirma a opção pela complexidade como tenta refletir a multiplicidade de identidades do biografado. Além disso, a própria opção pela interatividade, transformando o leitor em co-autor, já destrói a concepção totalizante do escritor como o dono da estória e também privilegia a diversidade.

Como verificamos, o conceito de fractal está ligado ao de auto-semelhança. Dessa forma, ele também está inserido no conceito de infinitude, pois é possível verificar que a realocação das estórias sobre o personagem em outros fractais de referência também seria viável, já que a idéia básica é a de que cada pequeno fractal seria uma cópia reduzida do grande, que, por sua vez, seria uma cópia reduzida do biografado. E, além de serem complementares e irregulares, essas subdivisões poderiam continuar de forma infinita, revelando novas e inexploradas visões sobre o indivíduo. Nas palavras do zen-budismo, "tudo é um, um é nada, nada é tudo".

A auto-semelhança também significa recorrência, ou seja, um padrão dentro de outro padrão, o que vai aumentando o nível de complexidade. Mas o conceito de padrão não significa necessariamente coerência ou regularidade. Os padrões podem ser incoerentes e irregulares, e essa pode ser a sua própria ordem. Há lógica na aparente ilógica, o que nada mais é do que o desenvolvimento de uma ordem de recriação no epicentro da desordem.

Assim como, no estudo da física quântica, o universo renova-se e estabelece novos sistemas a partir da instabilidade de partículas elementares, também as interpretações sobre os fractais biográficos caminham para reconstruções e re-ordenações no interior de sua própria irregularidade. Não existe um verdadeiro biografado, apenas complexos pontos de vista sobre ele. O biógrafo assume que privilegia alguns destes pontos de vista, mas os privilégios são aleatórios, baseados na própria viabilidade de acesso às informações. Tudo o que temos são lacunas, e elas são infinitas. Não é possível contar essas estórias como elas realmente ocorreram, então limite-se a tentar torná-las interessantes e divida seu trabalho com o leitor.

A biografia prova que a palavra é mais perigosa que a espada e mais inebriante que o ópio. O Biógrafo, então, deve ter consciência da falta de consciência, ou seja, ele deve saber que pode se cortar com a própria pena, um objeto sádico, incorrigível, incontrolável.

Não se preocupe em desvendar as páginas da vida alheia. Contemple-as. O rastro de sangue na folha de papel é o que identifica a biografia e os biógrafos.

Nós somos os açougueiros da alma.

IX. Referências bibliográficas

ADORNO, Sérgio. **Os aprendizes do poder. O bacharelismo liberal na política brasileira.** Paz e Terra. R.J. 1988.

ADORNO, Theodor e HORKHEIMER, Max. **Dialética do Esclarecimento**. S.P. Zahar. 1986.

AGOSTINELLI, Mario. "Dom Quixote e Moisés." In: BLOCH, Adolpho. **O pilão II.** R.J. Bloch. 1988.

AMARAL, Adriana. "Sobre a memória em Jacques Derrida". In: NASCIMENTO, Evando e GLENADEL, Paula. **Em torno de Jacques Derrida.** R.J. Sette Letras. 2000.

ARISTÓTELES. **Poética**. S.P. Ars Poetica. Coleção Ensaios. 1993.

ARRIGUCCI Júnior, Davi. **Enigma e comentário**. S.P. Cia. das Letras. 1987.

ASHERRI, Micahel. **O judaísmo vivo: as tradições e as leis dos judeus praticantes.** R.J. Imago. 1995.

BAKHTIN, Mikhail. "Biografia e autobiografia antigas." In: **Questões de literatura e estética.** S.P. UMESP. 1988.

BARTHES, Roland. **A câmara clara.** R.J. 3ª ed. Nova Fronteira. 1989.

BARBERO, Jesus-Martin. **Dislocaciones del tiempo y nuevas topografías de memoria.** R.J. Artelatina. 2000.

BARBOSA, Mário Gibson. **Na diplomacia o traço todo da vida.** R.J. Francisco Alves. 2002.

BATCHELOR, John. **The art of biographie.** Oxford. Claredon Press. 1995.

BAUDRILLARD, Jean. **A ilusão vital.** R.J. Civilização Brasileira. 2001.

BENHABIB, Seyla. **Autonomy, modernity and community: communitarianism and critical social theory in dialogue**.

BENJAMIM, Walter. "A imagem de Proust." In: **Magia e técnica, arte e política**. Obras escolhida. S.P. Brasiliense. 1985.

BENTES, Ivana. "Guerrilha de sofá." In: Caderno Mais. **Folha de S. Paulo**. 31/03/2002

BERGER, Peter. **Perspectivas sociológicas.** R.J. Vozes. 1983.

BERGSON. **Matière e Mémoire.** Paris. PUF. 1959.

BERMAN, Marshall. **Tudo que é sólido desmancha no ar**. R.J. Cia das Letras. 1992.

BILLER, Jorge. "Novecentas e noventa e nove". In: BLOCH, Adolpho. **O Pilão II.** R.J. Bloch. 1988.

BLANCHOT, Maurice. **O livro por vir.** Tradução de Maria Regina Louro. Lisboa. Ed. Relógio D'Água. 1984.

BLOCH, Adolfo. **O pilão.** R.J. Bloch. 1978.

__________. **O pilão II.** R.J. Bloch. 1988.

BLOCH, Arnaldo. **Fernando Sabino.** Coleção perfis do Rio. R.J. Relume Dumará. 2000.

BOJUNGA, Cláudio. **JK, o artista do impossível.** R.J. Objetiva. 2001.

BONNET, Jean-Claude. "Le fantasme de l'écrivain" In: **Poétique.** Éditions du Seuil. Paris. Nº 63. 1985.

BOURDIEU, Pierre. **A economia das trocas simbólicas.** Coleção estudos. S.P. Perspectiva. 1974.

______________. "A ilusão biográfica". In: Ferreira, M e Amado, J. **Usos e abusos da história oral.** R.J. Ed. FGV. 1998.

BRANDÃO, Junito. **Mitologia grega.** Vol. 1. Petrópolis. Ed. Vozes. 1993.

BRAUDEL, Fernand. "História e ciências sociais. A longa duração." In: _____. **Escritos sobre história.** S.P. Cultrix. 1976.

BRUSS, Elizabeth. **L'autobiographie au cinéma. La subjectivité devant l'objectif.** Poetiqué. Nº 56. 1983.

BRANDÃO, Junito de Souza. **Mitologia Grega**, vols. 1 e 3. Petrópolis. Vozes. 1993.

BURKE, Peter (org.). **A escrita da História.** S.P. Unesp. 1992.

CABRAL, Sérgio. **Nara Leão: uma biografia.** R.J. Lumiar. 2001.

CALVINO, Ítalo. **Seis propostas para o próximo milênio**. S.P. 1993.

CANCLINI, Néstor Garcia. **Consumidores e cidadãos: conflitos culturais da globalização.** R.J. Ed. da UFRJ. 1999.

CANDIDO, Antonio. **Literatura e Sociedade. Estudos de teoria e história literária.** S.P. T.A. Queiroz. 2000.

CAMPBELL, Joseph. **O herói de mil faces**. S.P. Cultrix. 1993.

CARNEIRO, Raymundo Dias. "Amigo de seus amigos." In: BLOCH, Adolpho. **O Pilão II.** R.J. Bloch. 1988.

CARNEIRO, Maria Luiza Tucci. **O anti-semitismo na era Vargas.** S.P. Perspectiva. 2001.

CARRIÈRRE, Jean-Claude. **A linguagem secreta do cinema**. R.J. Nova Fronteira. 1995.

CARVALHO, Luiz Maklouf. **Cobras criadas.** S.P. Senac. 2001.

CASTRO, Ruy. **O anjo pornográfico: a vida de Nélson Rodrigues.** S.P. Cia. das Letras. 1992.

___________. **Ela é carioca. Um enciclopédia de Ipanema.** S.P. Cia das Letras. 1999.

CERTEAU, Michel De. **A escrita da história**. Rio de Janeiro. Forense. 1982.

CONTI, Mário Sérgio. **Notícias do Planalto: a imprensa e Fernando Collor.** S.P. Cias das Letras. 1999.

CORRÊA, Marcus Sá. **Oscar Niemeyer.** Coleção Perfis do Rio. R.J. Relume Dumará. 1996.

CULLER, J. "Literary competence". In: J.P. Tompkins. **Reader-response for criticism. From formalism to post-structuralism**. Johns Hopkins. UP. 1980.

DARNTON, Robert. **O grande massacre de gatos**. R.J. Graal. 1986.

DA MATTA, Roberto. **A casa e a rua**. R.J. Guanabara. 1987.

DAMASCENO, Diana. **Entre múltiplos eus: os espaços da complexidade.** Tese de doutorado em Letras. PUC-Rio. 1999.

DELLA VOLPE, Galvano. **Rousseau e Marx – a liberdade igualitária**. Lisboa, Edições 70. s/d.

DERRIDA, Jacques. **A escritura e a diferença.** S.P. Perspectiva. 1995.

_______________. **Mémoires. Pour Paul de Man.** Paris. Galilée. 1998.

DEVANEY, R.L. **An introduction to chaotic dynamical systems.** Redwood City. Addison-Wesley. 1989.

DUSSEL, Enrique. **1492: o encobrimento do outro: a origem do mito da modernidade: conferências de Frankfurt**. Petrópolis. Vozes. 1993.

EAGLETON, Terry. **Teoria da Literatura: uma introdução**. S.P. Martins Fontes. s/d.

ECO, Umberto. **Apocalípticos e integrados**. S.P. Perspectiva. 1970.

_______________. **Seis passeios pelos bosques da ficção**. S.P. Cia. das Letras. 1991.

EDELWEIS, Ana Maria B. C. **Em atenção à palavra do outro. Alterbiografia: a autobiografia em liberdade**. Dissertação de Mestrado. R.J. PUC. 1990. (mimeo)

EIKHENBAU, B. et alii. **Teoria da Literatura: formalistas russos.** Porto Alegre. Globo. 1976.

ELIAS, Norbert. **Sobre o tempo.** R.J. Zahar. 1998.

EPSTEIN, Joseph. **A ascensão da biografia literária.** London. The Foundation of Culture review. Texto traduzido por Elcio Cerqueira. In: Diálogo. 1983.

FAORO, Raimundo. **Os donos do poder: formação do patronato político brasileiro.** Globo. Porto Alegre. 1979.

FAUSTO, Boris. **História do Brasil.** EDUSP. S.P. 1995.

FEATHERSTONE, Mike. **O desmanche da cultura.** S.P. Nobel. 1997.

FELINTO, Erick. **Por uma crítica do imaginário tecnológico. Novas tecnologias e imagens da transcendência.** R.J. cd-rom da Compós. 2002.

FERRAZ, Maria Cristina Franco. "Sociedade tecnológica: de Prometeu a Fausto." In: **Contracampo.** Vol. 4. UFF. R.J. 2000.

FISH, Stanley. **Is there a text in this class? The authority of interpretative communities**. Cambridge. Harvard University Press. 1980.

FILIZOLA, Anamaria e RONDELI, Elizabeth. "Equilíbrio distante: fascínio pelo biográfico, descuido da crítica." In: **Lugar comum.** Vol. 1. N. 2. pp. 209-225.

FOLLAIN, Vera. **Da profecia ao labirinto**. R.J. Imago-UERJ. 1994.

FONTIUS, Martin. "Literatura e história: desenvolvimento de forças de produção e autonomia da arte." in **Teoria da Literatura em suas fontes**. Vol. I. Seleção de Luiz Costa Lima. R.J. Francisco Alves. 1975.

FOUCAULT, Michel. "L'écriture de soi" In: **L'autoportrait 5.** Corps écrits. 1983.

__________. **O que é um autor.** Lisboa. Vega. 1992.

FURET, François. "Da história-narrativa á história-problema". In: **A oficina da história**. Lisboa. Gradiva. s/d.

GABEIRA, Fernando. **O que é isso companheiro**. R.J. Nova Fronteira. 1982.

GABLER, Neal. **Vida, o filme.** S.P. Cia das Letras. 1999.

GLEICK, James. **Caos: a criação de uma nova ciência.** R.J. Campus. 1990.

GOMES, Dias. **Apenas um subversivo: autobiografia.** R.J. Bertrand do Brasil. 1998.

GONÇALVES, Márcio. **Amor virtual.** R.J. cd-rom da Compós. 2002.

GUMBRECHT, Hans Ulrich. **Em 1926: vivendo no limite do tempo.** R.J. Record. 1999.

HABERMAS, Jürgen. **Mudança estrutural na esfera pública**. R.J. Tempo Brasileiro. 1984.

HALBWACHS, Maurice. "Memória, esquecimento e silêncio." In: **Estudos e Históricos** nº 3. S.P. Secretaria de Cultura. 1984.

HALL, Stuart. **A identidade cultural na pós-modernidade.** R.J. DP&A. 2001.

HARAWAY, Donna. "Manifesto ciborgue." In: SILVA, Tomaz T. da **Antropologia do ciborgue: as vertigens do pós-humano.** Belo Horizonte. Autêntica. 2000.

HAYLES, Katherine. **How we became posthuman. Virtual bodies in cybernetics, literature and informatics.** Chicago. Uiversity of Chicago Press. 1999.

HEINICH, Natahlie. **La gloire de Van Gogh. Essais d'Antrhropologie de l'admiration.** Paris. Les Éditions de Minuit. 1991.

HELAL, Ronaldo. **Cultua e idolatria: ilusão, consuma e fantasia.** R.J. Mimeo. 2001.

HOBSBAWM, Eric. **A era dos extremos.** Cia das Letras. R.J. 1995.

HOMERO. **A Ilíada**. tradução de Fernando C. A. Gomes. R.J. Ediouro. s/d.

____________. **Odisséia**. trad. de Carlos Alberto Nunes. S.P. Atena. 1951.

HUTCHEON, Linda. **"Modes et formes du narcissisme littéraire."** Poetiqué. Nº 29. 1977.

____________. **Poética do pós-modernismo.** R.J. Imago. 1991.

HUYSSEN, Andreas. **Memórias do Modernismo.** R.J. Ed. da UFRJ. 1997.

____________. **Seduzidos pela memória.** R.J. Aeroplano. 2000.

ISER, Wolfgang. **The act of reading.** London. R & KP. 1978.

JAUSS, Hans Robert. "O texto poético na mudança de horizonte de leitura." In: LIMA, Luis Costa. **Teoria da Literatura em suas fontes.** Vol. 2. R.J. Francisco Alves. 1978.

JAMESON, Fredric. **Pós-modernismo – a lógica cultural do capitalismo tardio**. S.P. Ática. 1996.

____________. "Periodizando os anos 60" in **Pós-mordenismo e política**. organização de Heloísa Buarque de Hollanda. R.J. Rocco. 1992.

JARDIM, Serafim. **JK: onde está a verdade?** Petrópolis. Vozes. 1999.

KAFKA, Franz. **A metamorfose.** S.P. Brasiliense. 1995.

KITTO, H.D.F. **Os Gregos**. Coimbra, Armenio Amado editor. 1970. 1985.

KENDALL, Paul Murray. **The art of biography**. New York. Norton Library. 1967.

KOSIK, Karel. **O século de Grete Samsa.** Tradução de Leandro Konder para folheto impresso no DP de Letras da UERJ em 1995.

KRAVETZ, Marc. "Os jornalista fazem a história". In: ____. et alii. **História e nova história. Lisboa.** Teorema, 1986.

KUBITSCHEK, Juscelino. **Meu caminho para Brasília.** R.J. Bloch. 1974.

LACERDA, Carlos. **Rosas e pedras de meu caminho.** Brasília. Ed. da UNB. 2001.

_____________. "Bloch sobre Bloch." In: BLOCH, Adolpho. **O Pilão.** R.J. Bloch. 1978.

LACOUTURE, Jean. "A história imediata." In: LE GOFF, Jacques. **A história nova.** S.P. Martins Fontes. 1990.

LAGE, Nilson. **Ciências da natureza e teoria do jornalismo: algumas perspectives recentes.** Recife. ALAIC. 1998.

LAING, R.D. Identidade complementar. In: ——. **O eu e os outros.** Petrópolis. Vozes. 1986.

LANDOW, George. **Teoria del hipertexto.** Barcelona. Paidós. 1997.

LASCH, Christopher. **A cultura do narcisismo**. R.J. Imago. 1983.

LAURENZA, Ana Maria de Abreu. **Lacerda X Wainer: o corvo e o bessarabiano.** S.P. 1998.

LE GOFF, Jacques. **A História Nova**. São Paulo. Martins Fontes. 1990.

__________. "A nova história." In: _____. **Reflexões sobre a história.** Lisboa. Edições 70. s/d.

LEUJENE, Philippe. **Je est un autre**. Paris. Éditions du Seuil. 1980.

_________________. **Le pacte autobiographique**. Paris. Éditions du Seuil. 1975.

_________________. **Moi aussi**. Paris. Éditions du Seuil. 1986.

LESSER, Jeffrey. **O Brasil e a questão judaica. Imigração, diplomacia e preconceito.** R.J. Imago. 1994.

LÉVY, Bernard-Heni. **Os últimos dias de Charles Baudclaire.** R.J. Rocco. 1989.

LIMA, Luis Costa. **Teoria da Literatura em suas fontes**. Vol. 2. R.J. Francisco Alves. 1978.

LIMA, Arthur Moreira. "Dos livros sagrados para a praia do Russell." In: BLOCH, Adolpho. **O pilão II.** R.J. Bloch. 1988.

LYOTARD, Jean-François. **A condição pós-moderna.** R.J. José Olympio. 1998.

LOPES, César e VIEIRA, André. **Caos e fractais: tópicos básicos e aplicações.** Mimeo. 1999.

MANDELBROT, Benoit. **Objetos fractais.** R.J. Gradiva. 1991.

MIRA, Maria Celeste. "Invasão de privacidade? Reflexões sobre a exposição da intimidade na mídia." In: **Lugar Comum.** N.5-6, pp. 97-116.

MADÉLENAT, Daniel. **La biographie.** Paris. PUF. 1984.

MALCOM, Janet. **A mulher calada**. S.P. Cia. das Letras, 1995.

MANGUEL, Alberto. **No bosque do espelho.** S.P. Cia das letras. 1998.

MARCUSE, Herbert. **A ideologia da sociedade industrial – o homem unidimensional**. R.J. Zahar. 1982.

MARTINS, Hermínio. **Hegel, Texas e outros ensaios de teoria social.** Lisboa. Ed. Século XXI. 1996.

MARTINS, Mário. **Valeu a pena.** R.J. Nova Fronteira. 1996.

MARTINS, Wilson. **História da inteligência brasileira.** S.P. Cultrix. S/d.

MATTELART, Armand e Michèle. **O carnaval das imagens: a ficção na TV.** S.P. Brasiliense. 1999.

MELO FILHO, Murilo. **Testemunho político.** R.J. Bloch. 1997.

MEDEIROS, Benício. **Otto Lara Resende.** Coleção Perfis do Rio. R.J. Relume Dumará. 1998.

MICELLI, Sérgio. **Intelectuais e a classe dirigente no Brasil.** S.P. Difel. 1979.

MONTELLO, Josué. **Diário do entardecer.** R.J. Nova Fronteira. 1991.

__________. **Diário da noite iluminada.** R.J. Nova Fronteira. 1994.

__________. **O Juscelino Kubitschek de minhas recordações.** R.J. Nova Fronteira. 1999.

MORAES, Denis. **O rebelde do traço: a vida de Henfil.** R.J. José Olympio. 1996.

MORAIS, Fernando. **Chatô, o rei do Brasil.** R.J. Cia. das Letras, 1994.

MOREL, Edmar. **Histórias de um repórter.** R.J. Record. 1999.

MIRANDA, Ana. **A última quimera**. S.P. Cia. das Letras. 1995.

MIGNOLO, Walter. "Lógicas das diferenças e políticas das semelhanças", in **Literatura e história na América Latina**. S.P. Ed. da USP. 1993.

MORIN, Edgar. **Cultura de Massas no século XX**. R.J. Forense. 1987.

NAVES, Santuza Cambraia. **O violão azul: modernismo e música popular.** R.J. FGV. 1998.

NIETZSCHE, Friedrich. **Crepúsculo dos ídolos**. Lisboa. Edições 70. 1988

________________. **Genealogia da Moral**. S.P. Brasiliense. 1988.

NISKIER, Arnaldo. "De Pilares ao Pilão". In: BLOCH, Adolpho. **O Pilão.** R.J. Bloch. 1988.

NOBLE, David. **The religion of technology.** London. Penguin books. 1999.

NORA, Pierre. "O retorno do fato". In: ____. e LE GOFF. **História: novos problemas**. Rio de Janeiro. Francisco Alves. 1988.

OLINTO, Heidrun Krieger. "Letras na página. Palavras no mundo. Novos acentos sobre estudos de literatura." In: **Palavra**. R.J. Departamento de Letras da PUC-Rio. Nº1. 1993.

________________. **1001 histórias (DE LITERATURA).** R.J. Mimeo. 2000.

________________. **Histórias de Literatura. As novas teorias alemãs.** S.P. Ática. 1996.

ORTIZ, Renato. **Mundialização e cultura**. S.P. Brasiliense. 1994.

OTELO, Grande. "Meu companheiro Adolpho Bloch". In: BLOCH, Adolpho. **O Pilão II.** R.J. 1988.

PAZ, Octavio. "A ambigüidade do romance". In: **Signos em rotação**. S.P. Perspectiva. 1972.

PAIXÃO, Fernando. **Para compreender a modernidade: caos e indeterminação, os conceitos que vieram da física.** Campinas. Mimeo. 2000.

PENA, Felipe. **A volta dos que não foram.** R.J. Sette Letras. 1998.

__________. **Televisão e Sociedade.** R.J. Sette Letras. 2002.

__________. **Biografias em fractais: múltiplas identidades em redes flexíveis e inesgotáveis.** Recife. Cd-Rom da Compós. 2003.

PEREIRA, Vinícius Andrade. **Dinâmicas contemporâneas da subjetivação. Metamorfoses das ciências e hipertexto.** CD-Rom da Compós. 2000.

PIGLIA, Ricardo. **O nome falso.** S.P. Iluminuras. 1991.

PLUTARCO. **Vidas Comparadas: Alexandre e César.** Tradução de Hélio Veiga. R.J. Tecnoprint. S/d.

PORTELLA, Eduardo. "Problemática do memorialismo." In: **Dimensões** I. R.J. José olympio. 1958.

POTSCH, Newton. "O companheiro de Pedro II". In: BLOCH, Adolpho. **O Pilão II.** R.J. Bloch. 1988.

PRIGOGINE, Ilya. **Order out of chaos: man's new dialogue with nature**. New York. Bantam. 1984.

PROUST, Marcel. **Contra Saint-Beuve**. S.P. Iluminuras. 1988.

RAMOS, Tânia Regina. **Memórias: uma oportunidade poética**. Tese de Doutorado. R.J. Departamento de Letras da PUC-Rio. 1990.

RESENDE, Otto Lara. "Começos de um delírio." In: BLOCH, Adolpho. **O Pilão.** R.J. Bloch. 1978.

RIBEIRO, Darcy. **Maíra**. 14ª ed. S.P. Record. 1989.

_____________. **O povo brasileiro - a formação e o sentido do Brasil**. S.P. Cia. das Letras. 1995.

RODRIGUES, José Carlos. **Antropologia e comunicação: princípios radicais**. R.J. Espaço e Tempo. 1989.

RONDELLI, Elizabeth e HERSCHMANN, Micael. "A mídia e a construção do biográfico." In: **Revista tempo Social.** S.P. N.1 Vol. 12. 2000.

ROSENBERG, Roy A. **Guia conciso do judaísmo. História, prática e fé.** R.J. Imago. 1992.

ROUSSEAU, Jean-Jacques. **As Confissões**. R.J. José Olympio. 1948.

______________________. **O contrato social e outros escritos**. S.P. Cultrix. 1995.

RÜDIGER, Francisco. **Capítulos de arqueologia espiritual pós-moderna. Sujeito e objeto na aurora da cibercultura.** Porto Alegre. Ed. @. 2002.

SANTIAGO, Silviano. **Nas malhas da Letra**. S.P. Cia. das Letras. 1989.

SANTAELLA, Lúcia. **Cultura das mídias.** S.P. Experimento. 2000.

SALLES, Luiz. "O menino de 80 anos." In: BLOCH, Adolpho. **O pilão II.** R.J. Bloch. 1988.

SARLO, Beatriz. **Cenas da vida pós-moderna.** R.J. Ed. da UFRJ. 2000.

SARNEY, José. "Um czar caipira". In: BLOCH, Adolpho. **O Pilão.** R.J. Bloch. 1988.

SCHVARTZMAN, Salomão. "O primeiro encontro". In: BLOCH, Adolpho. **O Pilão II.** R.J. Bloch. 1988.

SHOSTAK, Majorie. **Nisa, the life and words of a Kung woman.** Massachusetts. Harvard University Press. 2000.

SIBILIA, Paula. **O homem pós-orgânico. Corpo, subjetividade e tecnologias digitais.** R.J. Relume Dumará. 2002.

SILVA, Arlindo. **A fantástica história de Silvio Santos.** S.P. Editora do Brasil. 2000.

SKIDMORE, Thomas. **Brasil: de Getúlio a Castelo.** R.J. Paz e Terra. 1988.

SODRÉ, Nélson Werneck. **A história da imprensa no Brasil.** Civilização Brasileira. 1966.

STAROBINSKI, Jean. **J.J.R. a transparência e o obstáculo**. R.J. Cia da Letras. 1991.

TELES, Gilberto Mendonça. **Retórica do Silêncio I – teoria e prática do texto literário**. R.J. José Olympio. 1989.

TODOROV, Tzvetan. **Os gêneros do discurso.** S.P. Martins Fontes. 1980.

TURKLE, Sherry. **La vida em la pantalla. La construcción de la identidad em la era de Internet.** Barcelona. Paidós. 1997.

VASCONCELLOS, Sérgio Gomes. "Adolpho Bloch e o Memorial JK." In: BLOCH, Adolpho. **O pilão.** R.J. Bloch. 1988.

VAZ, Paulo & BRUNO, Fernanda. "Agentes.com" In: **Contracampo 7.** UFF. 2002.

VELLOSO, Mônica. **Mário Lago: boemia e política.** R.J. FGV 1997.

_______________. **Modernismo no Rio de Janeiro.** R.J. FGV. 1996.

VELTMAN, Henrique. **A história dos judeus no Rio de Janeiro.** R.J. Expressão e Cultura. 1998.

VIANNA FILHO, Luiz. **A Verdade na biografia.** R.J. Civilização Brasileira. 1945.

VOVELLE, Michel. "O evento na história das mentalidades." In: _____. **Ideologias e mentalidades.** S.P. Brasiliense. 1987.

WAINER, Samuel. **Minha razão de viver. Memórias de um repórter.** R.J. Record. 1987.

WERNER, Jaeger. **PAIDEA, los ideales da la cultura griega**. Cidade do México. Fondo de Cultura Economica. 1946.

WHITE, Hayden. **Meta-história: a imaginação histórica do século XIX.** Edusp. 1995.

WERNECK, Maria Helena. **O homem encadernado**. R.J. Ed. da UERJ. 1996.

ZEA, Leopoldo. **El pensamiento latinoamericano**. Barcelona. Editorial Ariel. 1976.

Consultas na Internet

www.tv-pesquisa.com.puc-rio.br

www.geocities.com/redemanchete

www.fortunecity.com

Leia também da Mauad Editora:

— **O Império do Grotesco** – de *Muniz Sodré* e *Raquel Paiva.*

— **Samba, o dono do corpo** – de *Muniz Sodré.*

— **Ética, Cidadania e Imprensa** – de *Raquel Paiva* (org.)

— **Ética na Comunicação** – de *Ester Kosovski* (org.)

— **O Espírito Comum** – Comunidade, Mídia e Globalismo – de *Raquel Paiva.*

— **Histeria na Mídia** – de *Raquel Paiva.*

— **Comunicação Organizacional** – Gestão de Relações Públicas – de *Roberto Fonseca Vieira.*

— **Relações Públicas** – Opção pelo Cidadão – de *Roberto Fonseca Vieira.*

— **Imagem Empresarial** – Como as organizações (e as pessoas) podem proteger e tirar partido do seu maior patrimônio – de *Roberto Castro Neves.*

— **Comunicação Empresarial Integrada** – Como gerenciar: imagem, questões públicas, comunicação simbólica, crises empresariais – de *Roberto de Castro Neves.*

— **Crises Empresariais com a Opinião Pública** – Como evitá-las e administrá-las; Casos e histórias – de *Roberto de Castro Neves.*

— **Introdução à Comunicação Empresarial** – de *Juarez Bahia.*

— **História da Imprensa no Brasil** – de *Nelson Werneck Sodré.*

Para saber mais sobre nossos títulos e autores,
visite nosso site:
www.mauad.com.br

Este livro, da MAUAD Editora,
foi impresso em papel ofsete 75g,
na gráfica Sermograf